珍饌会
露伴の食

kōda rohan
幸田露伴
南條竹則・編

講談社文芸文庫

目次

珍饌会

露伴の食

桃花と河豚

今は桃の花菜の花の時になった。河豚《ふぐ》の談をするには節がおくれて居る。みぞれが窓を打って北風に戸の鳴るような頃でなくては、ふぐ鍋に熱燗というやつもピタリと来ない。が、そうばかりでもない。たまたま東坡集を読んで巻の七十八に及ぶと、

恵崇春江暁景
竹外　桃花　両三枝、

春江　水暖みて　鴨先づ知る。
蔞蒿《ろうこう》は地に満ち　蘆芽は短し、
正に是れ　河豚の　上らんと欲する時。

という好詩があった。桃の花に河豚のよみ合せだ。第一句はただ景色だけだが、流石《さすが》に詩仙のわざである、竹外の二字で、水辺のやわらかな春のさまは目に見ゆるようだ。第二句の春江水暖こうして鴨先ず知るの、鴨がおもしろい。鴨は実際其処に居たからの写実でもあろうが、何となくゆたりとした春の鴨の其のさまに引っかけて、水の暖かくなって来たのを其鳥が知ったか知らぬかは分ったことではないが、水暖みて鴨先ず知る、と云い取って、江色禽態、と共にそれを見た人の感じまで一斉に描出しているところは、褒めるのも野暮なことだが、扨《さて》うまいものだ。蔞蒿はよもぎの類、春の雑草で食用になるもの、詩経や楚辞以来、また山中にも水辺にも、誰もお馴染のもので、ことに蔞は魚を烹《に》る可きものであるとされている。蘆芽は字面通りに蘆の芽であるが、これも河豚魚の毒を消すと云われているものであることが陰に含まれているし、蘆芽の生ずる時節と河豚の溯上する時節とは、我邦で新蚕豆《そらまめ》と鼠頭魚《きす》とが同じ旬《しゅん》であるとされているように周知の事でもあるしするのである。それで陸上水際の蔞蒿蘆芽を満地と短との語ばかりで緊切に浮泛《ふはん》ならず現わして、そして正に是れ河豚の上らんと欲する時と、如何にも春らしい景感を現わしたのは、又如何にも気持のよい作である。桃花の時節、偶然此詩に味到して河豚に想到したので、河豚を旬外れに語り出さんとして此詩を捜出したのではない。が、春に当って河豚を語っても先ず不自然でないことになる。

蘆芽が河豚の毒を消すというのは、蘆芽と河豚とを煮合わせると宜いというのか、河豚に中《あた》った場合に蘆芽を食うと宜いというのか。茅根は漢薬だが食べたい気もせぬけれど、蘆芽は食料でないまでも食べて見たい様な感じもあるものだ。鳳仙花の其花弁とすい葉とを捏ね交えて爪を美しく染める事は、支那の女の児も我邦の女の児もすることで、恐らく美爪術《マニキュア》の源頭でもあろうが、鳳仙花の実をもって魚を煮ると魚がやわらかくなるということは、支那の書には見えていても、我邦では割烹家もせぬことらしい。そういうように支那の人は実際的には細かい智識の所有者であるから、蘆芽に毒消しの作用が有るかも知れぬが、よしや功は無くても蘆芽は何かの魚の取合せには面白げに覚える。蔞蒿は元人の詩の句に、蔞蒿鮮滑にして雞蘇に勝る、尺に満つる河豚玉を膚と作す、というのがあるところなどを見ると、鱸《すずき》に蓴菜《じゅんさい》という格に、河豚には打って付けのものとされているらしい。東坡は東坡肉の称を今に遺したにせよ、何も口腹の徒というのではない、又是の如き毒消しや取合せのことをあなぐり求めて句を成したのでも無い、眼前の景物を任意に拾い取って作ったまでだが、自在余りある高手であるところから、自然湊合、天衣無縫の妙趣を苦も無く現じたまでである。河豚食いであったか無かったかなどということは論に及ぶべきではない。

しかし東坡はまだ他にも河豚のことを云っている。それは雑著の中に二魚説というのがあって、柳子厚の三戒という文に続いたわけでは無いが、怒りっぽいことと、ごまかしたがることとの愚を悼んだものである。其一の怒りっぽいものの方に、河の魚と題して河豚のことを云っている。

「河の魚に其名を豚とする者有り。橋間に游《およ》いで而して其柱に触る。違ひ去ることを知らず。其柱の己に触るゝを怒るや、則ち頬を張り鬣を植《た》て、腹を怒らして而して水に浮ぶ。之を久しうして動く莫《な》し。飛鳶廻りて而して之を攫《つか》み、其腹を磔して而して之を食ふ。遊を好みて而して止まるを知らず、遊に因りて以て物に触れ、而して已を罪するを知らず、乃ち妄りに其忿を肆《ほしいまゝ》にし、腹を磔されて而して死するに至る。悲しむ可きなるかな。」

というので、淡々一揮、水墨の小品の如きものであるが、簡潔平明、而も情景具備、評論爽利、可悲也夫の四字を以て終っているところに情理兼ね到っていて、其味至って遠い。イソップが宋の世に出たのを見るような気がする。但し吾が邦人はふぐといえば海のものとのみ記《おぼ》えている。で、河の魚に其名を豚とする者有りという冒頭一句には、少からず異様な感じをする。又ふぐが橋柱に触れるということも有りそうにないことに思う。それでこれは寓言であり創意であるかと疑うを免れぬ。ふぐが怒って腹を膨らませて水に浮いていて、鳶に攫《さら》われるというのも見聞の及ばぬことで、北国の「かくふつ」ではあるまいしと云いたくなる。かくふつならば、「かくふつや腹をならべてふるあられ」という七部集の句もあるから合点出来るが、かくふつは杜父魚《かじか》の類と聞いている。ふぐと杜父魚とは叔父とおいとだか何様《どう》か知らぬが、如何に坡翁の文でも何様もこれは眉唾物だと思うのを免れない。然し翻って思うと、元来河豚という名からしてが、河の字を冒しているのだから、ふぐが若し河豚ならば、支那ではふぐが河にいる時に受けた名で、従って橋柱に触れることがあっても不思議は無いわけになる。海豚では「いるか」になってしまうのだ。前の竹外桃花両三枝も春江暁景の什であり、一篇の景趣は明らかに海辺ではなく、江辺である。して見れば海に居る時のふぐの名はいざ知らず、河に溯上して河豚の名が生じるので、河面に浮いて居れば鳶に攫われるのも有る可きことである。蘇翁は蜀の人であるが、此文は呉に遊んだ時に作られたものであり、其見聞に根ざしたことは疑うべくもなく、他の一篇の題が烏賊《いか》であるのでも窺知られる。海に面し河を有せる呉の地に在って作られた此文が、地方の事実若《も》しくは伝説に本づかないものであったなら、当時の人に許される筈は無く、必ずや笑殺罵殺されたことであろうから、我邦の見聞には異なるとも別に疑うべくはない。ふぐという字は、魚偏に侯の字、魚偏に台の字、又は魚に従《したが》い臣に従う字、魚に従い規に従う字、魚に従い屯に従う字、魚に従い圭に従う字、皆ふぐである。湖夷魚というのも侯臣魚の近音である。鰒は音を仮りた漢字和用で、本義はふぐではない、あわびである。かくふつは蓋し魚に従い朋に従うの字で、これも河豚に類したもので水に浮ぶものであろう。それで彼の句があるのだろう。烏賊が墨を噴いて烏に食われ、河豚が腹を脹らせて鳶に食われるというのは、果して然るや否やは知らぬが、そういうことことであろう。河豚が瞋《いか》って水に浮ぶのは他の書にも数々見えていることである。ふぐばかりではない、鯛なども或時節の或場合に或地方では沢山に打揃って水に浮ぶことがあって、「浮鯛《うきだい》」という言葉さえ存することは人の知っていることである。鮒なども水面にこそ浮ばね、水面下四五寸のところに酔えるような状態になって浮んでいることのあるのは釣客《ちょうかく》周知の事で、此等は必ずしも瞋って然様《そう》なるのでは無い。河豚も必ずしも橋柱に触れて瞋って浮ぶというのではあるまいらしいが、これは水族学者の研究範囲の事である。坡翁は当時の人の普通解釈に従って文を為したものであろうから、一々厳しく詮義立をするにも当らない。面白い小品として玩賞して済むことである。

河豚につけて思出さるるのは朱竹坨の詩である。河豚は俳諧では季題になっているが、和歌では取扱うにしても、それは特別の好みでなくてはである。詩で扱わる食物では、蟹、鯉、鱸などが鱗介中の主位を占めているが、河豚なぞは余り筆墨に料理されていぬ。ところが竹坨の河豚の歌はしかも長篇で面白かったと記えていたので、久しぶりで引張り出して見ると、やはり面白い。九青の一韵到底の篇であるところも、清初に在って王漁洋と相対して一世を両分して其半を領しただけの詩豪の自在をしのばしめる。

天津の水　北溟に連なる、
七十二沽　汀に旋回す。

冒頭一句の此天津は洛陽の天津ではない。北海の天津である。七十二沽の沽の字は詳にせぬが、ここでは少しく洲渚に凹入せるところにある水をいうらしい。

漁師　春に乗じて　極浦に漾《たゞよ》ひ、
艀舸　葉ゝ　萍よりも軽し。

極浦に漾うも、やや不明だが、漁の事だから、水のつまりつまりに魚をあさることだろう。艀は短くて深い舟、舸は細長い小舟、こんな句は文字国の詩である、言語国の歌では長たらしく間のびになる。

河豚　此時　網を挙ぐれば得、
活東　小大　賦形を同じうす。

活東はおたが杓子で、蛙の子のまだ蛙になりきらぬ奴である。成程ふぐとおたが
杓子（東京ではおたま杓子）とは小大のちがいだけで形は殆ど肖《に》ている。

売るも銭に直《あた》らず　棄つるも惜むべし、
堆《つ》み置けば　更に凡魚に比して腥《なまぐさ》し。

いかにも普通の魚よりは河豚は腥い。

南人、之を見て　莞爾として笑ふ、
是物　勝るに足る　通侯鯖に。

此句によって支那の南方の人、呉の地や其他の者はふぐを食い慣れ、北方天津あ

たりの人はただ厄介のものと見做《みな》していることが想われる。侯鯖は五侯鯖の故事で、うまいもののたとえ、五侯が競って珍膳を致し、婁護が合せて鯖と為したという、鯖はここではさばではない、魚を煮、肉を煎るのを鯖というのである。五侯鯖より勝るとするのだから、河豚をうまがるのは支那では南方に於ては随分なことと見える。

葦蒲　束ね取る　十百輩、
馬駄し　車載し　兼ねて手拎す。

輩は等類であり、斑である、手拎の拎は提と同義で、一句は河豚が盛んに他の地方へ引取られ行くことを云っているまでだ。

晨に興きて　主人　食指動く、
忽ち睹《み》る　両縛　吾庭に陳するを。

食指動くという字面は左伝に出ていて、誰しも使うのであるが、ここでは特《こと》によく利いて用いられている。左伝、鄭子公の食指動く、子家に謂って曰く、必ず異味を嘗《な》めん。異味を嘗めんの三字が後にあるのだから、ここでは如何にもピンと響く。両縛は河豚のふたつなぎだ。

客来り　疾呼す　莫、莫、莫、
丞《すみやか》に当《まさ》に投畀《なげあた》ふべし　丁寧を煩はす。
熊を食ふ者は肥え　蛙を食へば痩す、
豆は人をして重からしめ　楡は則ち瞑《くら》からしむ。
彼は猶傷つく無し　此は独り甚だし、
之を犯さば異ならじ　鈴釘に銜《あた》るに。

莫莫莫の連呼は好い。イカン、イカン、イカンと云ったのだ。そんなものは棄ててしまえ、熊を食えば肥り蛙を食えば痩せるとは唐の鬼才詩人李長吉《りちょうきつ》が云っている、赤豆を始終食えば身が重くなり、又名高い嵆康《けいこう》の養生論に、楡を食えば睡くなるとある、そんなのはまだ宜いが、河豚なんか食えば、鈴釘は矛である、矛に銜かれて死んでしまうような目にあうという言なのだ。此言の中、楡は山居の時に其花を瓶にさしたほかには、自分はそれに就いて知るところが無いが、嵆康は刀鍛冶を道楽にしたほどの格物趣味のあった人だから其言も抛ち捨てないで一寸実際に研究して見たい。河豚は我邦ではアタルという語の縁から鉄砲に比して居るが、ここでは矛に比しているのがおかしい。

主人　客に語る　且《しばら》く安坐せよ、
吾　物理を言はん　君試みに聴け。
人生　一死　各〻候有り、
韮英　棗華　木葉零《お》つ。
即ち飲啄の如きも　亦　分　定まる、
鼎腹豈必ずしも　関扃《くわんけい》を堅うせん。
甘脆は腐腸の薬と云ふと雖も、
聞かず藿《くわく》を茹《く》つて　長へに齢を延ぶるを。

茲魚《この》　信《まこと》に毒あるは　種乃ち別なり、
腴胸に法有り　食に経有り。
或は燕子の如く　尾涎こ、
或は束帯の如く　腰黄軽。
今の饋せんとする者は　皆爾《しか》らず、
安《いづく》んぞ用ゐん　鍤《すき》を荷つて丘冥に埋むるを。

主人はおちついて訳を話す、そんなにビクビクすることはない、人生一死各々候有りで時節がある、此一句は河豚食いらしい口ぶりで宜い。韭は八月に花がさき、棗は五月に花がさき、木の葉はそれぞれの時に零ちる、飲むのも啄《つつ》くのも、飲むだけ飲んで、食うだけ食って、おしまいになっておしまいになるという訳で、多くも少くも延びも縮みもしそうもない訳じゃないか。関扃は木を以て鼎を貫いて鼎を閉じるものだが、何も鍋蓋をしっかり閉じて、食うまいとするのも野暮の話だ、うまいものは毒だなんぞと云うけれど、まずい豆の葉を茹って長生したということも聞かない。此魚に毒のあるものがあるがホントに毒の強いのは種類が別だ、潮さいふぐは正斎ふぐとも云って其鍋を斎鍋《さいなべ》などというが、肝と子とを除けば先ず毒はない、虎ふぐも恐ろしい時があるからの名か虎まだらの文様からの名か知らぬが、まあ食える、赤目ふぐから上の奴は危いがね、腰胸に法有り食に経有りで、腰は飲食の祭、胸は乾肉の屈曲したものであって、礼式上其置場が曲礼や儀礼に示されている、つまり食饌は食に先だって其の扱いや取做しに定跡がある。又食に経有りで、如何なるものを如何に料理して食うと宜いということも古来研究されて定跡が出来ているから、無暗に毒の有るものを食うて中るなどということは無い。或は燕子の如く尾が裂けてそれからぬらぬらの多すぎるものや、或は束帯の如くで黄な帯を着けているような河豚は危いが、今のは皆そうでない、何で劉伶の故事の如くに鍤を荷わせて、此美味を丘に埋めさせる必要が有ろうかというのである。以上河豚食いの主張の中、即ち飲啄の如きも亦分定まるの一句は、一寸記憶して置いてほしい、後に作者竹坨の身の上の事に響くところがあるのである。

　精を抉し膜を刮し　漉として血を出す、
　髓に醜を去るが如く　魚に乙丁。

二句は料理に取りかかったところで、醜というのは鼈の竅《あな》あるところで、すっぽん料理に是非其処を取除かねばならぬことは、礼記にも見えている。乙は魚の腸ともいうし、目の旁の骨ともいう、丁は魚の枕骨、丁字形をなしたもので、乙を除くべきことなどは矢張り礼に出ている。後の一句は除くべきものを除き去ることを云ったので、語を下すに来歴有りて而も自在なところ、役に立ちそうもない丁字を用いた巧さなど恐れ入ったものだ。

磨刀　霍こ　切つて片と作し、
井華水　沃《そゝ》ぐ　双銅鉼。

霍々は電光のかたち、ピカリピカリと疾く動く庖刀の下に河豚を切って、片と作すは肉片をなしたこと。汲立水の清いのを二タつるべもザッザとぶっかけた、いさぎよい板前の景色。

薑芽《きやうが》　辛を調へ　橄欖の酢、
荻筍　白を抽き　蔞蒿青し。

薑芽は生薑《しょうが》だが、芽の字がなおざりには使ってない、実際でもあるが、よい感じをそそる。酢はしぼり汁で、橄欖の汁は河豚の毒を消すと云われているものである。これも実際でもあろうが、何だか回甘の橄欖の酢と来ては、よい感じをそそる。荻筍は蘆芽というがごとしで、筍は竹の子には限らない、白を抽きも、たった二字であるが、外がわを去って中の白く鮮やかなところを取出して添えた美しさが見え、蔞蒿の青いのが添わったのも愈々美しい。

日長く　風和らぎて　竈觚《さうこ》浄く、
纎塵　到らず　牕櫺《さうれい》　晴る。

ゆっくりと、せっかち煮で無く煮るところ、へっついの角の浄いという三字に日長風和の様子の映ゆる工合、流石に宜い句で、俳諧の上乗だ。そして纎塵到らず、窓れんじの明るいさま、こういう台所からの河豚なら安心して食える気がする。煤塵を河豚には大に忌むことは、勿論裏面にあるのである。

重羅の麪　生醬和す、
凝視すれば　滓汁　仍《なほ》清冷。

二重羅ごしの精麪、即ち極上のうどん粉だが、此字面も昔人の麪賦、古い文学から引出されている。滓汁なお清冷というところに、如何にも精美に出来上ったさまが見える。

吾が生　年命　卯に在るに匪《あら》ず、
奚《なん》ぞ為さん　舌縮《すく》みて箸躅停するを。

辰の子卯に在る、之を疾日という、というので左氏に見えているが、自分はそうではないから、怖がることは無い、やっつけろ、食べて見よう、というところ。もう箸をあげたのである。

西施乳滑らかにして　恣《ほしいまゝ》に齧ま教《し》む、

索郎　酒釃にして　未だ醒むるを願はず。

河豚の腹の腴《あぶら》を西施乳というのだ。西施は人も知る呉国をほろぼした恐ろしい美人なのだ。恣教齧の三字が、何だか妙に人をエグルようだ。索郎は反語で、小うるさい講釈のある字面であるが、ここでは西施乳に対して索郎酒と云ったまでであるとして、美い酒というほどに解して宜い、けれども郎に索《もと》むるという字面のアヤがあって、ネダリ酒の気味が匂《にお》うところはある。

脣に入る美味　快意を縦《ほしいまゝ》にし、

客を累する　坐久しくして　心方《まさ》に寧《やす》し。

これで総結に近づいている。

起って看れば　墻東　杏花放《ひら》き、
横参　七星　昏中星。

参は参星で、墻東に杏花はさき、星は天に横たわり、春の夕のなごやかにトロリとした景色、河豚と酒とにあたたかくなって、窓を開き酔を吹いてボーッとした心持、これで詩は終るのである。坡詩は桃花ではじまり、朱詩は杏花で終る。雑談もこれで終るのだが、妙なことには坡詩の中に、鴨先ず知るの三字があって、それが同じ河豚の詩の作者の竹坨、何百年後の竹坨に奇異な因縁を為しているような観があるのが、一寸枝談になる。竹坨は詩人として大きな人だが、経義考三百巻を著わした真面目な学者としても偉い人だ。前掲の詩の他に河豚の詩は猶二篇もあるが、先生は悪食《あくじき》趣味の人でも何でもない、河豚よりは鴨が好きだった。ところで少い時の夢に、郊外をあるいた所、大きな池に鴨が何千頭となく蓄ってあって、童子が居って番をしている。きいて見ると童子の云うには、此は旦那様の一生に召上る料の鳥でございますという答だ。ハハアというだけで夢はそれで済んでしまった。扨其後に八十過ぎて病気になった時、復《ふた》び前と同じ処を夢に見た。が、広い池の内に鴨は二羽しか居なかった。そこで、一生に食う筈の鴨はもう二羽になってしまったのかナ、と竹坨は家の者に命じて、これから鴨を侑《すす》めるなと云いつけた。ところが嫁にやってあった娘が、父が老いて病気なので見舞に来た。かねがね父の好物なのを知って居るので、ねんごろに烹た鴨二頭を将《も》って来てすすめた。竹坨はそれを見て気中りがして、ああ自分の一生の食禄は尽きたかと思って嘆じた。勿論八十二の高齢だったのだから当然だが、やがて幾許《いくばく》ならずして竹坨は長逝してしまった。竹坨の前の詩の句に、即ち飲啄の如きも亦分定まる、というのがあるが、如実に自分の分の定まっていたことをあらわしたに当る一寸異様なことで、そして春江水暖にして鴨先ず知るという坡詩の句が、何も然様いう事に関係ある句ではないが、又奇異に引きからんで思出される。

竹坨にさきだつこと数百年の唐の李徳裕の上にも、竹坨の鴨のような談はある。竹坨の夢は蓋し李徳裕の夢から系図を引いたものであろう。

鰉

鯉を今の俗では「ひがい」と訓んで、其の魚のこととして用いている。しかし鯉は「ひがい」ではなく、「ひがい」は鯉ではない。これは誤って訓んでいるのではなく、随意に魚に従い皇に従うの字を制して、そして随意に「ひがい」として用いているのである。鯉とは無関係である。鯉は漢字に存するものではあるが、「ひがい」と読む鯉は漢字の鯉とは無関係である。かようなイキサツで怪みもされずに用いられているところの、其実は漢字でも何でも無い漢字体のもの、擬製漢字体、和用漢字体の文字は中々に多くて、そして我邦の文書に不清澄と混濁とを致している。「ひがい」なら

「ひがい」で宜しい、何も鰉の字などを漢字を排斥したがる人の多い中で用いるには及ばぬ事である。それも鰉の字が漢字に無い字ならば、まだしも混乱だけは免れるから宜しいが、鰉の字は鰉の字で、漢字に儼存しているのだから、まことに下らないことである。これらは自然の誤訓では無いのである。故意の妄製なのである。妄製と云って宜しくないならば、和用擬漢の一の新字というべきである。文字の上の系統上戸籍上、片づけ方の面倒なものである。

本字が存在していて、そしてそれを誤訓誤用したというのでは無く、新字を製したるが如き意味に於てそれを任意に且つ訓じ且つ用いているというのは随分厄介なことで、そしてさような文字をも読み得ず使用し得なければ常識に欠けているとされなければならぬとは、さても迷惑千万なことである。一方には漢字勿用論の声が喧ましいのに、かかる文字が段々と出てくるのは、何という奇なことだ。鰉の字は確に明治年間から「ひがい」として用いられだしたのである。此頃はまた椺という字が用いられだして西洋式家具製造者などの間には通じるに至っている。昔は一ト口にかかる字を倭字といっていたが、倭字は倭字でまだしも宜い、同体の漢字もある倭字などは、さてはや面倒くさいことだ。

「ひしこ」又は「しこ」ともいう小さな魚がある。池の魚を釣る餌とするほどのものである。生きたまま器にいくつとなく抛り込んで漬けて、所謂「ひしこづけ」とするほどのものである。この魚に何様いうわけだか鯷の字をあてて、既に俳諧七部集などにも用いてある。ただし鯷は「ひしこ」では無い。戦国策には鯷冠《ていかん》という文字があって、其皮を人の冠にする位の大きな魚である。註に、鯷は大鮎なり、其皮を以て冠と為す、とあるから、とにかく「ひしこ」で有るべくは無い。「ひしこ」の皮など何尾縫合せたら冠が出来るのか想像も及ばない。しかし俗間では鯷を「ひしこ」と読まなくては、試験には落第するだろう。又註の文に、鯷は大鮎なりとあるのを、大鮎は「おおあゆ」であると読んだら何の事かわからない。いかに大きなあゆだとて、「あゆ」の皮の帽子などとは合点がゆかぬ。鮎は此魚重さ千斤という解がある。重さ千斤の「あゆ」などは受取れない。鮎がそもそも「あゆ」ではないのである。鮎を「あゆ」として用いているのが、鰉を「ひがい」として用いているのと同じく、そもそも誤訓でも何でもない、擬漢字の一新字の任意用であって、松浦川の故事に本づくことであるから是非は無い。説文にも鮎は鯷也とある。本来鮎も鯷も「あゆ」でも「ひしこ」でもなく、石鼓の詩の句にある鰋鯉処之の鰋であって、又、詩の毛伝に、鰋は鮎なりとあるに照らし合わせて、明らかに「なまず」である。大なまずは我邦の「まぐろ」ほどのも支那にはあるのだから鯷冠も不思議ではないのである。鯷を「ひしこ」として用いるに至った所以は、誤訓に出たか否か未証得であるが、是の如くに漢字の体をしたものと倭俗の用とはくいちがいが多いのである。鰉と「ひがい」も全然別のものである。恐れ多い噂だが、天皇が「ひがい」を好ませたもうたによって鰉の字は用いられだしたということだが、もしそれが噂どおりのことなら、不敬失礼であり、製字の義などもまるで分らぬ人の無茶なことである。鰉と「ひがい」とは引放して用いたが宜い。「ひがい」は「ひがい」で立派で宜しいではないか。何ぞ魚に従い皇に従うの字を用いるを要せんやである。第一其様なことに妄《みだ》りに至尊の御上を引出すということは、失礼であるということを解せぬ愚かしいことである。

「ひがい」は「はえ」に似て、身瘠せたるが如く小な魚であるが、其姿も見にくからず、味は淡く、小骨は多いが、食物としては、扱いかた巧なれば又賞するに堪えたる佳品というべきものである。野暮な関東者は京の嵐山下で、何だ、「ひがい」なんて、と嘲るものもあるが、それは「まぐろ」の「とろ」より外に佳いものを知らぬような猛者《もさ》かたぎである。何故「ひがい」という名を負うたかは未だ知らぬが、瘠せて小さなものを「ひがいすな奴」などという「ひがいす」という言葉と連ねて解したがるのは何様《どん》なものか覚束ない。之を釣って竿綸の娯楽とするには少し食足らぬもののようであるが、「はえ」や「たなご」を釣っても、釣は釣でおもしろいのであるから、釣のあてにもなろう。しかし自分は釣ったこともない。釣りにくそうな魚で、蓋し精良織巧な道具をもって取かかるところに味のありそうなものだ。

前置ようのものが長くなってしまったが、今語ろうというのは、「ひがい」ではない、鰉のことである。鰉は「ひがい」とは全然異なった大きな魚である。鰉の音は黄であるので、鱑というのも同じ魚で、鱣也という解があるから、鱣も同類のものである。鱣を「うなぎ」などと早合点しては宜くない。鱣を仮りて鱓と為す事のあるのは、音が近いからのことで、鱓は「うなぎ」でも、鱣は本より大魚である。肉が黄味を帯びているので、黄魚又は鱑というのかも知らぬが、皇と黄と音が近いので、鰉、鱑の字は存するのであろう。鰉の方を本の字とすれば、皇は大なることを意味するのであるから、此魚長さ二三丈に至り、重さ千余斤に至るのによって、魚に従い皇に従うの字が製されたとも考え得ることは、京に大なるの義があるから魚に従い京に従うの鯨の字が製されたと同じことであろう。鱣鯨と連ねて、大魚をいうことになる例もあるのである。鱏というのも此魚の同類で、鱏の音は尋である。そこで鱘というのもやはり同じ魚である。鱣の音は張連切、音邅であるが、転じては上浜の切、音善となる。善と尋とは音相近いから、鱣、鱏、鱘、皆一系音の字で、同じ義を有するに不思議はない。

さて此の鰉、鱑、黄魚、鮥、鮇、鱣、鱘、鮪、小異はあっても大体に於て類を同じゅうするものとして、我邦に於ては何の故か知らぬが、鰉の字は其様な大魚であることが一寸忘られて、彼の様な小魚の「ひがい」をあらわす字として使われたほどであるにかかわらず、不思議にも此一類を現わす字としては鱘の字が少しく世に知られている。鱘の字は本草に見えているので、本草家即ち古の博物学者先生の手を経て伝わったのでもあろうか。そして鱘は「ちょうざめ」と訓まれているのである。

「ちょうざめ」は蝶鮫で、其沙を薄く磨れば蝶のように見ゆるをもって名を得たというが、「さめ」類は鯊という字があらわす如く皮が沙をもって掩われているのは解っているけれど、実際のことは証知せぬ。「さめ」の皮のことは鮫皮精鑑録一部しか寓目せぬから、あれは刀の柄《つか》や鞘に用いるものを論じたに止まるので、且又主として南洋ざめを語っているので、北海ざめに属する蝶ざめのことには、何の記憶の糸も無い。

しかし南海の「さめ」でも、清初の一種奇異の詩人の屈翁山が広東新語の鱗語中に記している潜龍鯊というのは、どうも蝶ざめかと思われる。鱗の甚だ堅いことを云い、且つ其鱗の数について、脊一行、腹二行は鱗皆十三だといい、両翅両行は鱗皆三十だといっている。それについて瓊州《けいしゅう》の唐伯元というものが、総計九十九鱗を易数にかけて論じているなど、如何にも支那流でおかしい。屈氏も此さめを、蓋し魚種にして龍なるもの也、と云っている。しかし此潜龍鯊が龍のような鯊にしても、又我邦の蝶鯊に同じ類のものにしても、少し異なっていることは明らかで、我邦のは脊の大鋸歯のように立っている一行の硬鱗の数は十個であり、腹二行は九個ずつであり、両翅両行は皆三十三個だと云われている。して見れば総数九十四鱗である。支那の南海のより五鱗少い。ただ屈氏の記しているのは、巨魚とは云っても長五尺ばかりと云い、我邦のは六七尺にも達するのである。

およそ此の蝶鮫の類は欧羅巴にも亜細亜にも阿米利加にも居て、二十種もあるというが、いずれも鋭長の喙と修長の軀と、上部に邪長せる大きな尾とを有し、そして脊部一行、側部二行、腹部二行に、堅硬で角質の鱗を具しているのである。鱗数は種類によって異るが、およそ脊部十個より十三個、側部二十九個より三十三個位までであろう。口は、長い喙といってよいか、鼻といってよいか知らぬものの裏についていて、割合に小さいのであること、撞木鮫《しゅもくざめ》が一寸聯想される。鮫の中でも猫鮫などは、口も能《よ》く利き、歯も強いが、此魚は然様《さよう》に恐ろしくは無い。河海に在って餌を取るのは其の長い喙で泥沙を掘って濁乱せる水中に小魚等を獲るのであろう。だから底餌魚であって、水の中段で餌を取る魚とは異《ちが》う。これは此魚を餌によって釣らんとするものには勘のつけどころである。口の前部に余り長くもない四本の鬚の垂れているのは此魚の特徴ともいえる。此鬚が若し画にかいた龍のように怒張するものであったら、釣った時は一寸恐ろしかろうが、幸に小さいので仕合せだ。其代り尾は偏長偉大で、それの拍つ力は甚だ強いから、引ぱたかれぬ用心をせねばならぬ。

何にしろ龍のような魚で、其鱗は大なるは帯及び酒器の飾りとなすべく、小なるは雑佩に中つべし、と屈氏も記している立派なものだ。そして骨は鯊類だから割合に柔脆で、肉は甚だ甘しと同じ人が記して居るのみか、古は英吉利ではキング・エドワード二世の劇中の饌となり、今は南部ロシヤや北亜米利加等では、乾肉、燻製、塩蔵等にして用いられるというから、相当に賞用されていることは分明で、そして其の生産及び消費される分量も甚だ多いのである。支那人は其頭骨の軟かいところを鰉魚脳と称して喜んで食うが、一体魚類の頭部軟骨は営養価の甚だ高いもので、特に此魚の如き優種のものは尊ぶべきであるから、流石に食饌の事では世界に於て勝れている支那人の賢明さが思われる。「さけ」の脳は日本でも之を膾《なます》にして、今こそ少し世に忘られかけているが、昔は氷頭《ひず》膾として賞されたものであり、「まんぼう」の脳は支那では普通に魚湯の名をもって食品となっている。西洋人は犢《こうし》の脳を喜んで用いるが、脳其物よりは脳軟骨の方が人の最高機能に寄与するところのある燐其物を含んでいる分量の多い訳であるから、佳い魚の脳骨を成るべく強烈に煮ないで、生に近い状態で人体内に運びこむことは、化学的の精密な工作処理を経た燐剤などを服用するよりは遥に賢いことである。我邦の古の名僧が「さけ」の頭を大切に噛り噛り勉学苦修したことなどが思い出されておかしいことである。

又此魚の腸を龍腸と称して賞味するが、龍腸はおもしろい字面だ。龍肝鳳髄という龍肝は真の龍の肝だろうが、真の龍は今得られない、龍に似た此魚の腸を龍腸として味わうなどは如何にも支那らしい。

カヴィアと称されて、欧羅巴人亜米利加人はじめ今の高級邦人に賞される高価の食品は元来何物だ。即ち此魚の卵である。南部羅西亜、黒海、アゾフ海に注ぐ川々の此魚から製されるカヴィアは良品とされている。シベリアから出るものには、コサック兵の画像のある貼紙の付いている缶詰など、我邦へも入っていたが、余り感心しなかった。バイカル湖附近、シベリア川は、もとより此魚の分布区域だが、魚種、製法、いろいろの理由で高下はあるであろう。しかし要するにカヴィアは「さけ」の卵のイクラより美観は無いが、其味は又別に優秀な点を有して居り、営養価も勿論高いものであり、且又喜ぶべき自然食品で、ただ之をほぐして塩を加えたというほどの、人工施為の少いものであるから、正に高級正味のものである。世の之を賞するも故有るかなであり、随分市価の高いのも故あるかなである。

此魚の或一種の鰾《うきぶくろ》はまた最精良の魚膠となるのであって、是も亦用途の上に於て価値高いものである。外は鱗から、内は鰾まで、肉から、脳から、卵まで、何から何まで貴ばれるとは、実に優秀な魚で、龍が鱗族の長と云われるなら、此魚を龍なりとするも誰か異議を唱えんと云いたい位である。

そればかりでは無い、此魚は実に精力絶倫の魚で、其精力の現われは其寿に於て明らかに語られているのである。鯉は長寿の魚として称され、従って其精力を藉《か》りる意味に於て人に尊ばれるが、鯉は穉龍と云われ、此魚は潜龍鯊と云われるだけに、此魚は鯉どころの寿ではない素晴らしい精力の保有者らしい。フレデリック大帝が千七百八十年にポメラニヤのゴルランド湖に入れた此魚は千八百六十六年に至って猶存したというから、明らかに八十年余を生きていたことは証されるので、二百年から三百年位の寿を保つだろうと云われる。それは一ツは実見的からのみでなく、生長の甚だ遅々たる点からも、推理的に考測されるので、或種は二十四尺の身長、二千斤の体重にも達する生長を遂げるのであるのに、一体に此魚の生長速度は甚だ遅いのである。脆弱な桐の木は生長が早く、賢実な楠の木は生長が遅くて樹齢四五百年は希らしくないようなものである。「さけ」の卵とカヴィアの大さとを比して何と其の小さな卵の中に大なる力の籠っていることぞやだ。しかも亦此魚は一雌にして三百万個ほどの卵を放つだろうというに於ては、其の内部に潜める生命力の驚くべき豊富さに驚嘆せぬものが有ろうか。大均氏の記するところによれば、此魚の一種を海上にて網して得る時、其小魚従う者数千、網す可からざるに至る、とある。何だか少し不気味なところのある記事だが、魚といっても凡魚ではない、鯨が魚でない魚であるように、此魚も鯊族で、通常の魚ならぬ魚だから、研究の余地が他魚よりは多く遺されているのである。かかる神秘がかった魚、龍めいた魚の、脳骨や卵が人に寄与する何者かも、亦他魚の人に寄与する何物かと異なっていることだろうことは誰にも想われることである。

動物学者分内のことのような談は擱《お》きたいが、此魚の類の中の鱣は詩経に出ている。衛風の詩の句に鱣鮪発々とある。鱣は鱏に似て短鼻なりとあるから、同類中の独逸の（Hausen）に似たものか、精しくは知らぬ。江東に黄魚と呼ぶは此鱣である。鮪は「まぐろ」と俗読するが、海魚の「まぐろ」で無いことは勿論である。故森田思軒が詩経を講じた時、先生、河の中にまぐろが跳ねているのですか、と生徒に質問されて大に弱ったが、要領のよい人だったから、鱣という魚、鮪という魚です、と答えて其場をすませ、後で自分に、あれあ何魚だと問うた笑話が思出される。此鮪の方が前に記した「ちょうざめ」に頭部の形が近いものである。というのは陸氏疏に、鮪は頭小にして尖り、鉄兜鍪に似、口は頷下に在り、とあるからである。周官にも礼にも見えている王鮪は鮪の大きいので、小さいのは叔鮪という。その叔鮪が鮥である。鮇というも同じである。周の昔は此魚は寝廟に薦められたものである。鱣鮪いずれも同類で、詩に見えたために、陸氏草木虫魚疏に、「鱣は江海に出づ、三月中河の下頭より来り上る、形龍に似て鋭頭なり、口は頷下に在り、背上腹下、皆甲有り、今盟津東石磧上に於て鉤して之を取る、大なる者千余斤なり、蒸して臛と為すべく、又鮓と為すべく、魚子は醬と為すべし」とあるので、此魚が海から遥々黄河を上ることが知られ、又鮓になることも知られるし、カヴィアの半流動体のものは、早くも支那に於ては、他の物に味を与える醬として用いられていたことが知られる。盟津といえば周が殷を征せんとした時の談に出て来る地で、随分と海からは遠いところだ。鉤して之を取る、とあるので、我邦の「鱒のかぎ取り」の如く、鉤は「つりばり」と訓む字だが釣って取るのでは無く、「かぎ」で引かけて取るのだと思われる。鉤はフックの義のみではない、ガッフの義にもなるのである。釣して之を取るとあると甚だ好いのだが。

釣の文献は支那には甚だ多いけれど、まだ鰉魚を釣った詩文は見かけない。専車の魚を得たことや、東海に大物釣りをした任公子の大袈裟な談は聞いているが、鰉魚の類は何故釣らなかったろう。皮日休、陸亀蒙の二大詩人二大釣客も此の龍の如きものは釣らなかったようだ。釣ったら必ずおかしい詩をのこして呉れたろうに。又、太公望なんぞも二丈もある此魚を釣ってくれたら一寸好い談になるのに。此魚に自分は銀座で対面している。自分は今はもう釣をする根気も無くなっているが、釣をはじめる前から釣に心はひかれていた。自分がまだ若い時、京橋を渡って銀座に入ると、直の右が読売新聞社であり、左がみす屋という針問屋であった。みす屋は各種の裁縫針其他の問屋であったが、鉤も天蚕糸《てぐす》も売っていた。此肆に今のショーウィンドーというほど大げさでは無いが、硝子箱に此魚の剝製が飾られているのを見て、三尺には足らなかったが、立派な魚もあるものと興味を覚えて、今に其の背の硬鱗鋸歯状をなしているのが眼にのこっている。後には「めなだ」の剝製に代ったので、心あかず思った。此肆の主人中村利吉氏は自分が釣をはじめた頃から知合になったが、日光辺の鱒釣は此人が開いたと云って宜い位で、同地方でスプーンの鉤を失ってしまった時、其頃まだ通用していた天保銭を鉄鎚で打延して、切ったり凹めたり磨いたりして、早速のスプーンを作り、そしてすばらしい大鱒を釣り得たという実話の所有者で、釣も精しく、且又商売であるから釣具一切に関しての知識も博かった人である。たしか水産講習所の講師も勤めた人で、此人の講義を甚だ不完全に集録したものを或者が何とかいう漁釣の書として、不道理にも出版したということを聞いた。洋式釣具及び釣法は自分は最初は此人から得た。此の人の手から日本の釣具は初は外国へ出たので、外国の博覧会や水産会の賞牌等も少からず得ていた。英国皇室の主漁官のコルモンデレイ・ペンネル、あのペンネル式鉤の創始者の立派な釣の書の第二巻中に、日本の鮒竿の甚だ精巧で且つ合理的なことが賞揚されているのも、明らかに此人の手から渡された良品がペンネルの手に入ったからの事である。憾《うら》むらくは此中村氏にアシペンセル族の魚の釣については、其店頭に龍の如き魚が飾られてあったことが有ったにもかかわらず、其魚が東京近所で釣れることの無いものだったため、何の談話もたぐり出さずに終った。蝶鮫類の釣は、ペンネル氏の好著述二巻にも、ビッカーダイク氏の海釣りの書にも見えないから、恐らくは娯楽の釣の対象としては取扱われる習《ならい》の無いものらしいが、人が為ぬことだとて面白そうなことは、それこそ我より古をなすの意気で、あらゆる遊びの中で最も幽玄な釣をするほどの者が試みて宜いことではないか。相手に取って小はずかしいような、ひがいすな「ひがい」なんどさえ、釣道に於ては相手にして立派な対物であるもの、まして龍の如くなるの佳魚をやである。

春夏の交から此魚は川に上るのである。釣の中で海釣りは魚は多く獲られる。しかし海釣りは漁夫の利を奪うにあたる。同じことなら士君子の遊びは川釣にしてほしい。そして釣法等も漁夫と同列に居らぬ態度でありたい。実利主義は清娯とは別なものである。釣れるか釣れないか知らぬが、此魚は我邦に居ないものではない。北海に居ることは小野蘭山のような古い人でさえ認めている。北海道石狩川、西別川、釧路川は皆此魚の居るところとされている。満洲朝鮮には確かに此魚は居るが、樺太にはどうか。

此魚の釣りかたは、此魚の頭部の形から考えて底釣りをすべきである。餌は底魚中の小魚、及び泥沙中の虫類である。一尾を獲、二尾を獲るごとに其胃内を検べれば、漸く確実に何を餌とすべきかを知り得るであろう。

餌釣りで無くて釣るのは、釣法からは面白くないことだが、是の如きの偉魚を釣るのだから、おのずから別法に出るのも許さるべきで、餌を用いず釣るのには却って一の確実な方法がある。元来釣というものは、六物具備ということを古から言うが、それは一応の論というものである。釣は竿が無くても出来る。手釣がそれである。沈子が無くても出来る。ふかし釣、はたき釣の類がそれである。泛子《うき》が無くても出来る。脈釣、こづき釣の類がそれである。鉤が無くても釣れる。数珠子釣、かい釣、松島釣の類がそれである。餌が無くても釣れる。馬鹿釣、毛鉤釣、スプーン釣、おとり釣の類がそれである。しかし此の鯉魚の釣には珍無類の釣法がある。

珍無類の釣法とは何様いうのだ。それは泛子で釣るのである。自分が釣った経験があるのではないが、これは此魚に限って確に釣れるのである。泛子は本来水面に泛べて魚の中るのを知る物であるが、此魚の釣には然様いう作用をするのでは無い。鉤を水面近きところに置くために用いるのである。これは延縄釣《はえなわづり》に属する釣法で、先ず江中に木椿若干を江面下尺ばかりに取付け置き、椿から椿を模索で連ね、そして其索に鉤を無数につけるのである。李太白の詩の句にある通り、広く張る三千六百の鉤というほどに付ける。鉤の長さは十六センチ、鉤縄《はりす》の長さは六十八九センチ、それを模索に付ける、随分頑丈なものである。さて泛子は其鉤の勾曲した部分に細い短い糸をつけて、其の糸のさきで結付ける。何の木でも構わぬ軽い木片をおよそ立方体にしたものを泛子とする訳で、そして此の泛子の浮泛力で鉤は水中に鉤本《ちもと》を下にして立つようになる。つまり川の中を大索で横ぎり、その大索から丈夫な縄のついた「まぐろ鉤」より大きな鉤が繋く並列して逆立っているようにするのである。こういう大索を三条も張渡して置く。魚は江を溯れば、どうしても何《ど》の鉤かに触れる。鉤が触れてささる。身は引留められる。怒ってはたき立てる。又他の鉤がささる。いよいよ狂っていよいよ暴れると、いよいよ他の鉤がささる。遂に動くこともかなわなくなって、流石な偉魚も獲られるというのである。此漁法は松花江、黒龍江、混同江あたりで、ヘッチ族の行うものである。ヘッチ族は甚だ研究の興味を惹く一民族であるが、今は余談になり過ぎるから語るまい。此釣法は釣法と云おうよりは漁法というべきであるが、ただ此方法で気づくことは、鰉魚は溯上する場合には水面近くを慌ただしいような態度で上るものであるということだ。これは鰉魚を釣ろうという意をもつ者には非常に参考になることで、そんな場合はむしろ真の釣道では釣りかねる時だと判断するが至当である。

　鰉魚は水面近くを上るものだということは、ヘッチ族の木竹林伝説にも現われている。木竹林はヘッチ族の一大英雄で、半神半人、武勇猛烈なもので、其伝説は二十九章にも及んでいる。木竹林が薩不高薩満《シャーマン》と悪戦して、遂に之をスンガリーの水中で殺した後、家を離るること甚だ遠く流れ下ったので一二日では帰ることの出来ないのを思って、来合せた鰉魚の二丈もある巨大なのに騎って松花江を溯るところがある。鰉魚が水中深く溯るものなら、如何に伝説でも之に騎るということは云えまい。それから又木竹林が上流に至って、馬飲兄弟七人と争う段に、馬飲の弟が江中に三道の鉄索を張って置くことがあり、木竹林の騎った鰉魚が第一第二の鉄索を撞断《とうだん》してしまうことがあり、第三の鉄索を断つ能わざる間に、其鉄鉤が鰉魚の尾にささって、流石の鰉魚も身を脱し得ざるに至り、木竹林直ちに馬飲等の船上に跳り上って闘うことがある。それによって現在江上に三条の大索を張るということも、時に巨大な者に撞破さるることがあることを示し、又鰉魚の其尾が魚に取っての利器であり、それが鉤にかかれば魚も遂に如何ともする能わざるに至ることを示しているのである。

背上に英雄を騎せて松花江の波を破って溯り、第一第二の大鉄索大鉄鉤をもののかずともせず撞断するという、そんな偉大な鰉魚を釣りとして釣って見たい人は無いか。ハハハ。

鱸

鱸は神代の昔から今に至るまで「すずき」である。「すじゅき」と小野蘭山が訓んだのは、古事記の注に、鱸を訓して須受岐という、とあるのを悪く読んだので、受の音は「じゅ」であるが、もとより須の濁音として用いられたのである。「すじゅき」などというものはない。蘭山は又此魚のことを、性錫を好む、錫丸を以て釣るべし、故に「すずき」と名づく、と云っているが、それでは「錫好き」ということになる。何も鱸が錫を好くということは無い。牛角でも、魚皮でも、小さなものに鍍金したものでも、光あるものを以て餌に擬すれば則ち釣る可きなのである。本草家の語源の説は毎々人をして笑を発せしむる。しかし蘭山の其言によって、享保の頃より前に既に漁夫が錫を以て擬餌釣法を為すまでに進歩していたことが証せられる。鱸の小なるを「せいご」という。それを貝原益軒が松江の音の転であろうと云ったのもおかしい。支那の松江は鱸魚の産地で名高いからとて、何も我邦の俚俗がそれを知って「せいご」と呼びならわしもすまい。野必大《やひつだい》が鯛鯉の語原を説いて、鯛は大位《たいい》、鯉は小位《こい》だろうと云ったと同様、駄洒落に近い。ただし鱸を何故すずきというかは蘭山以外に解した人も無いようである。自分にも何の説もない。此魚の幼魚から成魚に至るまでの間の名は諸国さまざまに呼ぶが、蘭山は一々列挙している。其中に、信じて宜いか、宜くないか、他魚をいうのではないかと思われるものもある、意味の解せられぬものもある。筑前で「はねぜ」、讃岐で「こばね」、備前でも「こばね」、伊勢桑名で「はね」というとある。「はね」又は「こばね」は跳躍、小跳躍の義で、此魚は善く跳躍する性があるからの称であると思われる。特に未だ老大に至らずして生長する盛りの魚は食餌とする小魚を追いて、ややもすると水面に跳出するから然様云われたので、実は動作を云って其齢の若さを現わした語で、其魚の名称となったのは第二段のことである。鯉は余り多くは跳ねぬ魚であるが、それでも猶若い時は得て跳ねるものである。そこで若い鯉を「はねッかえり」と呼ぶ。女児の十三四歳の溌剌たるおきゃんをも「はねッかえり」という。是等皆必ずしも直ちに其物其人を指すの称ではない。雲州で一尺許りのを「ちゅうはん」というとあるが、これも不小不大の中途半端の「中半」でがなあろう。凡《およ》そ方言の採集ということは手ごころの要せらるるものである。伯耆では一尺許りのを「あんざし」というとあるが、これは解らぬ、同国の人の解を須《ま》つ。筑前では同じ程のを「はくら」というとあるが、これも解らぬ。益軒は筑州の人だが、此名は挙げて居らぬ。伊勢、美濃では鱸よりやや小なるを「まだか」というとあるが、「まだか」は琵琶湖に居る「わだか」を訛って「まだか」というのと、あわびの中に「まだか」の一種のあるのを聞いているほかには鱗介の中に聞かぬ語である。蘭山流に解すれば、も少しで鱸になるのだが「まだか」という洒落らしい。檜に似て及ばぬ樹を「明日檜《あすひ》」「あすなろう」という語例もあるから。扨諸国を通じて云うのは、小なるを「せいご」といい、中なるを「ふっこ」といい、生長を極めたるを鱸という。「せいご」「せい」は「すずきご」「すずき」の音転訛略かと思われるが、然様のみも云いかねる。和名抄に、漢語抄に云う、鮬は「世比」とある其

「せひ」に関係があるかとも疑われる。鮬は婢妾魚なりとあって、明らかに鱸の小さいものではない、「鱖鯞」「鱊鮬」「鬼婆子」「旁皮鯽」である、鮒の小さいようなものである。「世比」は又新撰字鏡の「鯇」であるが、鯇は同書には魚脂とあり、(其の本づくところを知らぬ)別義には蟹の雄を鯇鎧というのだから、鱸類と関係は無い。ただ東国では早く開けた国の常陸の、平貞盛の居た平戸附近では今でも他国で「せいご」又は「せい」というべきところのものを「せっぱ」と云っている。蘭山も此語を水戸語として採録している。「せっぱ」は「世比」に明らかに近い。比は我が古音(phi)又は(pi)に近いかと思われるところから推すと、「せっぱ」は「世比」から転じたので、「せい」も亦「世比」から出たのであろう、同じ物なのであるから。そして「せい」は「すずき」から転じたのでは無かろうということになる。然し鮬は説文にも無い字で、如何にしても鱸類とは読めぬのであるから、鱸には関係無く、単に「せいご」「せい」「せっぱ」は別に一系の語とだけ考えて置くに止める。是の如き冗語に近いことをいうのは、昔から鮬は婢妾魚也とあるのを、「今婢妾を訛って妾婢と謂う也」と釈して、そして妾婢の音「せふひ」から「せい」の語が出て来たと為して居たり、又鮬の字を以て鱸の小なるものに用いたりしているからである。鯖は小鱸ではない、「せい」は妾婢から転じたのではない。次に「ふっこ」の名称の由るところも解らない。筑前の「はくら」と関係が有るか、無いか。かくてせいご、ふっこ、すずきの三称は我が言語の中のプライムナンバーである、分解することの出来ぬものである。

鯖の字は説文に無くても爾雅にはあるが、鱸はどちらにも見えぬ。字は魚に従い盧に従う。盧という字の成立因は小面倒だから省くとして、盧は黒色の意であり、韓獹は韓の黒犬であるから、「此魚白質黒章故に鱸と名づく」という李時珍や食鑑の言も一応道理である。しかし黒章は左程に無いのもあり有るのもある。香魚《あゆ》のさび、たなごの紅は季節によって生ずるのであり、魚は生理状態の如何によって色の変るものである。鯉ほど黒くも見えぬが、此魚は銀色でも紅色でも青色でも無い、一体に薄黒い、蒼色と云えば云えるから、それで鱸の名を得たと云ってもよい。又幼魚即ち「せいご」は皆黒章が有るから、それで鱸の名を得たと云ってもよい。元来支那で鱸というのは二様あって、甲乙甚だしい距離がある。鱸といえば我が邦人は直ちに二三尺もある大魚、少くとも、一尺の鱸魚新に釣得たり、児孫火を吹く荻花の中という鄭谷の詩句などを想浮べるのであるが、名高い松江の鱸なんどというものは、ちちんかぶりや、とちんかぶり、江戸でだぼはぜというようなものの親分位のもので、一斤缶の中に何尾も入っているほどのものだ。こう云ったらば虚言《うそ》だと思う人も有ろうが、それは虚言でも何でも無い、現に缶詰にして売っている。缶詰の貼紙には正しく松江の鱸魚なることが明記されている。上海あたりに伝手があるなら東京でも之を賞味することが出来る。だぼはぜの親分のようなものに「かんし」というのがあるが、鱸魚が其かんし（南伊豆方言、貫首の訛歟《か》、形貌甚だ僧に似たり）よりも小さいと云ったら、多くの人は呆れ又失望するだろうが、それは此方が悪いので、正字通には、「巨口細鱗、鱖に似たり、長さ数寸、四腮《しさい》有り、俗に四腮魚と呼ぶ、七八月を以て呉江に出づ、松江尤も盛なり、天下の鱸は皆両腮、惟松江は四腮なり」と明白に記してある。長さ数寸とあるのであるから、すずきと思ったら本より間違で、すずき族にせよ孫か曾孫か玄孫である。鮬が鱸の未だ成魚に至らざるものの名なら応《まさ》に鮬字を用いるべきだが、そんな字も用いられぬところを見ると、鮬をせいごとするのは甚だ謂《いわ》れなき和用であることが此処にも知られる。鱖に似たり、とある鱖は今の支那人は桂（音を仮るならん）魚と呼んでいるが、唐の張志和の「桃花水に流れて鱖魚肥ゆ」の詩の句で名高く、南画の好画題になってもいるもので、幸に自分は服部子の恵贈によって其新鮮のものを眼にし口にしたが、其形も味もまことに美なるものである。松江の鱸も缶詰にされぬ間は、まさかにだぼはぜの親分でもあるまいが、何にしろ長さ数寸だから、我邦のすずきとは余程距離のあるものである。鱖に似たりとあるから、生きている時は、形も宜しくて、即ち我邦の所謂せいごなのかも知れない。ただし缶詰になっての味は、我がせいごに比して遥に佳である、そこが松江鱸の名の天下に馳せた所以であろう。上述の鱸のほかの鱸は我がすずき又はふっこで、即ち膾にして用いらるるものである。我邦ではせいご、ふっこ、すずきの名があるが、彼は鱸の一字のみで大小皆兼ねて言うので、前に挙げた鄭詩の一尺の魚、即ちふっこも鱸ならそれより大きいのも無論鱸だろうが、又晩唐の釣客であり詩人である陸亀蒙の詩句に、但釣る寒江半尺の鱸とあるのを見れば、五寸ばかりのも鱸であるし、宋人楊万里の松江鱸魚の詩に、買来る玉尺如何ぞ短き、鋳出す銀梭直是円、白質黒章三四点、細鱗巨口一双鮮とあるのを見れば、其玉尺短きを憾み銀梭ただ円っこいせいごも明らかに鱸である。随分大ざっぱな談だが、一物一名、同物同名、本よりそれで宜いわけである。其代り支那は文雅を喜ぶ邦だから、鱸々とのみ呼ばないで、紅文生、盧清臣などと呼び、橙齏録事、招賢使者などという官を水族加恩簿は授けている。これはもとより毛勝の一時の洒落に過ぎないが、佳謔も時代がつくと一の典故になるから、我邦の本草家などは真面目くさって採録している。

欧羅巴でパーチ（perch）というのは古くはウォルトン、近くはペンネル等の釣魚書で見ると、何様も鱸のようであるが、我邦のものとは同族でも異種であろうか。彼のは純淡水産とある。吾のは淡水に居て、河口より二十余里も其以上も川上に居るが、純然と淡水で生死するものはないようであり、鹹水のみで始終するものも有るようである。それで我邦では川鱸海鱸の称がある。川鱸と云っても秋は海に下り夏は海から溯るのである。アルプスには四千尺の高地にパーチが居ると聞くが、吾邦ではそれほど高いところに鱸を見出したことは無いようだ。山国では美濃に鱸を見出し得るそうだが、同国でも「しいの葉」という二寸ばかりのを見ることが勿論多いだろう。三州長篠は随分山奥だが、長篠合戦で名高い彼の鳥居強右衛門《すねえもん》が水中潜行を敢てした時、甲州方で張って置いた水中の綱に引懸り、其鈴がからからと鳴り響く危い場面があり、其時敵の番兵が懶惰《らんだ》不精の奴で、これは大鱸が雨後の嵩の増したに乗じて遡上したのであろうと打捨て置いたので、強右衛門は一応は発見されずに済むという如何にも劇的な談が、大三川志か何かに出て居る。して見れば長篠あたりまでも稀に大鱸は遡上するのであろう。しかしそれも勿論海から上るのである。支那の鱸は海から非常に遠くまで上るだろうが、秋風の起るのを見て乃ち呉中の菰菜蓴羹鱸魚の膾を思うて、「人生は意に適するを得るを貴ぶ、何ぞ能く宦は覊せらるる数千里にして以て名爵を要《もと》めんや」と云った晋の張季鷹の名高い高趣の談に照らして見ても、秋の風が蕭颯と吹くと、夏の間に肥太った鱸が英姿雄爽と大海に帰らんとする其頃が鱸魚の最も美な時であるからの事であるのが思われるし、呉は臨海の地方であるから即ち其鱸は夏上秋下、鹹淡両水のものであることが知られる。しかし支那は大国だから、或は淡水鱸も存するかも知れぬが、文籍の上では未だ見及ばぬ。又欧羅巴に海鱸は居らぬの歟、多分居ないことは有るまいが、欧洲の釣客は海より川の方を喜ぶ傾があって、海釣は漁夫的であり川釣は紳士的であるとして居る習風から、釣書といえば多くは川釣の書で、海釣の書では目ぼしいものはビッカーダイクの著がある位、従って自分の釣趣からの読書範囲の中で海鱸を見出さぬのみであろう。魚族学の方へ此問題は押遣って置こう。しかしパーチの別種としてもパーチは高級に属せぬ、釣ることが容易だからである。しかしパーチの別種にパイクパーチというのがあるそうだ。それを釣る記事を見たことはないが、それはパイクとパーチの間のもののようなので其名を得たのである。パイクは欧人釣客の最も喜ぶ鮭《さけ》釣鱒釣のほかには次位に押される魚で、巨大でもあり猛勇でもあり、諢名《あだな》されて「川の暴君」と云われるものである。鮭は川の王であり、鯉は川の女王であり、鮒は川の羊であり、メキシコ湾の大海魚タルポンは銀王と呼ばれているが、暴君と呼ばれて居るので其魚の相形も動作も想いやられる。此パイクを明治初年頃の辞書は「さより」と訳していたが、針口魚《さより》は其大なるものを漁夫は「かんぬき」という其「かんぬき」でさえ何程でもないのに、パイクは巨口細鱗、長頭強歯、「うみざめ」にも比すべきもので、四十ポンドのものは稀ならぬのであり、其大なるものは他の魚を食うは勿論だが、鼠又は水鼠（water vole 我邦には聞かぬものの如し）をも食い、そして誇張の談らしいが、狐、小狗にも取ってかかると云われるほどのものである。アメリカの釣具カタログに鼠を装うた擬餌鉤を見たことがあるから、鼠でも何でも食うのは事実であると思われる。此パイクと大鱸との混血児のようなものが即ちパイクパーチで、パイクが暴君ならば此は阿闍世《あじゃせ》太子か琉璃《るり》太子のような強悪太子であり、鱸の歯は鑢《やすり》のように細かいのがみっしり有るのだが、此魚は強い鋭い歯が鋸歯的に列しているというから、随分大胆で且つ強暴の性が想いやられる。釣客に取って此のパイク鱸及びパイクが日本に居ないのは遺憾だが致方ない。もっとも我が鱸でさえ川ぼらや、蛇や、赤っ腹、やまめ、鮒、たなご、岩くじ、はや、まるた、せいた、泥鰌、鰻、何でも彼でも食うのだから、其上に斯様《かよう》な暴君暴太子などには居てくれない方が、何でも釣る多くの釣客に取っては却て幸かも知れない。

我が鱸は我邦の魚の中でも高い地位にあるもので、世俗の諺にも鯛鱸と云って、魚を称える時には先ず指を屈するが、遠く神代の頃より佳饌とされているのだろう。それも其筈だ。神代に見えている魚は鰐《わに》、これは魚か何様か不明だが、それから赤女《あかめ》、口女《くちめ》である。赤女は鯛、口女は鯔《ぼら》と古来云伝えているが、口女が鯔なら、鯛と同列になど挙げらるべきものではない。そこで伴信友だったか誰だったかが、やかましく論考している。けれど口女が鯔であったにしても、口女は火遠理命《ほおりのみこと》から鉤を奪った理由で、海神の制を受けて、爾、口女は今より以往餌を呑むを得ざれ、又天孫の饌に預かるを得ざれ、と叱られたとあるのだから、多く談るに足らない。そこへゆくと鱸は其とは反して神代から甚だ賞美されたもので、名誉の佳魚である。天孫降臨前駆の建御雷神等《たけみかずちのかみら》を、出雲のたぎしの小浜に於て、恭順の意を表した大国主神が大饗宴を催した時、其饗応掛長の櫛八玉神《くしやたまのかみ》の挨拶の中に、「栲縄《たくなは》の千尋《ちひろ》縄打延《うちはえ》、釣らせる海人《あま》の、口大《くちおほ》の尾翼《をはた》鱸、さわ〳〵に控きよせあげて、打竹《さきたけ》のとを、とを、に、天のまなぐひ《ひ》たてまつらむ」と申したとある。此の櫛八玉神の中し言は殆んど歌の如きもので、いや、我邦の上古の歌であると云っても宜いもので、素樸の中に優美繊麗の情趣がただよい、善く実を写して空辞無く、如何にもおもしろく出来たものである。栲縄云々の其前段は、清き火だねの火を盛んに焚けることを述べて、それから、拷縄の千尋縄打ちはえ、と鱸を釣ることを述べ、それを饗膳にすることを云ったものである。然るに本居宣長は上古質朴の実際生活状態を思いやるよりも、何事も立派に大げさに見て取りたい意の強かったためか、初は誤って訳の通らぬ解釈を長々としたが、何様もそれでは済まぬので後には改めている。栲縄の千尋縄打延え、というのを、栲の木の皮をもって綯《な》える縄とし、千尋縄打延えは、其長き縄を以て漁船を牽きよすることとし、打竹のとををとををに、を、漁りたる多くの魚を竹簀の撓《たわ》むまで積置けることとした。後におひつぎの考で改めはしたが、改正の解は僅々数行、委曲さを欠いて甚だ言い足らない。で、今新に小解を試みよう。栲縄の栲は詩の唐風には見えている字だが、説文には見えぬ字で、古い解説はわからぬし、唐風の栲は「たく」という樹とは受合われぬ。それだのに我邦では古伝で栲を「たく」又は「たえ」と訓している。そして「たく」は楮《こうぞ》の木、即ちかじの木としている。それなら「たく」は「かじ」とは別頭の語で、外語か知らん。して又「たく」が「かじ」なら栲は楮の誤筆から出たものであろう。或は栲は緒紵二字の合略から出たと云い、近頃大好評を博した辞書に説文解字を引いて解してあると云うが、そんな説文が何処にあるか、人を愚にするも甚だしい。余談はさし置いて、「たくなわ」は古伝に従えば「たく」即ち楮の木の皮で作った縄である。千尋縄打延えは、其縄の長きを海上に延ばしやるので、おもしろいのは今も尚延縄《はえなわ》という語が漁夫の間に生きていることだ。それから、釣らせる海人の、は文字通り、次に、口大の尾翼鱸は、先ず第一に巨口のことを云ったのだ。宣長は顚倒して読んで、大口の誤れるならんと云っているが、口大の方が次の尾翼に対して宜いくらいだ。尾翼鱸は古来尾はた鱸と訓み、小さな鰭の義としているが、何も特に鰭の小さなことを挙げたとて何になるものでもないし、また特に小さくもないのである。鰭を「はた」と訓むのは古い習だが、翼を「はた」と訓んだ例は見ぬので、流石に宣長だ、尾はね鱸ではないか、鱸はよく跳ねるものではないかと疑っているが、鱸は実によく跳ねるもので、釣客は誰でも知っている、水面二三尺も跳ね出すものだ。おはたすずきの方が声のひびきは宜いが、口大の尾跳ね鱸とした方が、実には近く、景気もよろしく、辞づくりも相対的である。さわさわにひきよせあげての、さわさわは魚怒り波騒ぐを状せるの語、ひきよせあげは魚を取るさまを簡にして実によく現わしている。ここのところは実に素朴の歌で、「口大の尾はね鱸をさわさわに引寄せあぐる月の海」とでも、一句加えさえすれば其儘の歌になっているのである。天の真名ぐいたてまつらん、の名は、魚で、御饗を献ぜんという意である。前段に大に火を焼《た》くことを云えるのは、古の饌を治するには未だ木炭が製せられていなかったから、盛んに木を燃《や》やして、其の煙去りて燼多きに及び、今の語の「おき」でもって煙臭くなく魚を炙いたりなんどしたからのことである。櫛八玉神の此おもしろい語が古事記に存しているので、上古に於て鱸は大御馳走の魚であったことが思われ、有難い天の真名咋、是非一盃やろうじゃないか、なんということは、今の夏の夕の我等の情趣にまでなっているのである。

我が神代よりも猶遠い昔に支那では鱸は顔を出している。尭舜よりも猶古い黄帝となると、耶蘇紀元前三千七百余年となるのだから人を嚇すが、其黄帝が翠嬀の淵で、大鱸魚録図というものを授かったという何の事だか余りよく解らないことが、河図挺佐輔という異な書に出ている。挺佐輔は緯書で、漢末のもの歟、符命の説の祖といわれている。勿論完存はして居らぬものだが、其記するところによると、黄帝が、両龍あって白図を挺し、天帝それを余に授くると夢みて、其事を天老（臣）に問うと、天老がそれは天が図紀（即ち黄帝が天命を以て天下に君臨すべき符）を授けたまうことであろうと云う答であった。そこで衆臣を従えて、河洛の間に游んだが何も得なかった。翠嬀の淵に至ると、大鱸魚が溜（流に同じ）を折して至った。黄帝と天老とは跪いて之を迎えた。魚は白図を汎《うか》べた、蘭葉朱文、五色畢《ことごと》く具わっていた。天老は以て黄帝に授けた。舒べて之《の》を視る、名づけて録図と曰うとあるのである。天下の主たるべき真の命を負うものは、天が必ず霊瑞を下して其の応に然るべきを示す、というのが符命の説で、漢末には其説が大に信ぜられ、いろいろの怪異な事が談ぜられ、其信仰は長く支那の後々までに流れている。易姓革命の国だから、明の太祖のように昨日まで托鉢坊主だったものが暫時にして帝となる如き場合に、符瑞の飾りでも無くては人民の信頼が成立たない。そこで支那史を繙《ひもと》けば新に一代を成した創業の天子には必ず霊異の事が附纏わされている。それはそれで宜いが、黄帝には何故大鱸魚が現われたとしたのだろう、又蘭葉朱文と書いてあるのも一寸首をひねらせる。とにかく黄帝に跪ずかせたとあるのだから、鱸もえらい役廻りをしたものだ。翠嬀の淵というのは何処だ、河東の虞郷県の潙水か。録図なんというものはいらないが、黄帝を跪ずかせたような鱸が居たところなら、乃公が一つ鉤を入れて、其淵の主をさわさわに引寄せあげて呉れようと釣客は唾を嚥むことだろう。然し同じ書に、尭の時には、其翠嬀の川で大亀が図を負うて出て尭に授けたとあるから、あてにならない、何千年も経た今度行ったら龍蝨《りょうしつ》という名はえらそうだが実は源五郎虫にでも出て来て応対されるかも知れない。

黄帝鱸魚のめでたい伝説が一変したようなのは、平清盛がまだ然程に出世しない頃、熊野に詣でんと伊勢の安濃津《あのつ》からの船路の途中、大なる鱸が船へ跳込んだ談だ。そこで随っていた山伏が、「昔、周の武王の船にこそ白魚は躍り入ったるなれ、如何さまにも是は権現（熊野）の御利生と覚え候、まゐるべし」と云った。で、「十戒を保って精進潔斎の途中なれども、みづから調味して、我が身食ひ、家の子郎党どもにも食はせらる」と平家物語に見え、それから清盛は吉事のみ続いて太政大臣になり、子孫も栄進したとある。ここでおもしろいのは清盛がみずから調味したことである。鱸に躍込まれるほどの船舷も高くない小船の中に、まな箸まな板が備えてあろうとも思われない。板子を引くりかえて早速のまな板、という有様だとすると、鱸には三味せん骨（余り行渡っては居ぬ言葉だが）という鋭利な頰辺の骨があって、それに触れれば三本綯《よ》りの相当に太い天蚕糸《てぐす》も抵抗力無く切れ、漁夫の厚い手の皮もさっと切られて忽ち血を噴かせられるほどであり、察するに鱸が他の大魚を殺傷する時には頰を膨らませて此を立てて吾が武器とするらしいものがあるから、清盛も随分危かしい手つきで、ぶっ切か何かにしたことであろうか。それとも又彼の厳嶋経巻の願文の文字に見ゆる如く如何にも落ちついて優美に福々しい気合の人だから、少しも忙てず、妙に上手に、素人とも見えぬ手さばき刀づかい、見る目もあざやかに遣ってのけなさったかとも思われる。何にせよ此談は真実か虚言か知らぬが芽出度い例になっているが、鱸に限らず、すべて魚の吾が舟に跳込むなどということは、原始時代このかた人間の喜んだことであったろう。孟津で武王の舟に入った白魚は、白魚とあるから鱸魚ではあるまい。然し時に取って其もまた芽出たかったから、武王「俯して取って以て祭る」とある。白魚は我が古名「み」

「みごい」で、譌《なま》って「にごい」といい、鯉に似ているから似鯉というなどという俗説を生じている。今の俗語で「さい」「さいたっぽう」「せいたっぽう」というもの即ちそれだというのが普通の説で、多くの書には然様見えている。けれども魚の事は、古は和名抄、近くは本草家、辞書先生の説、余り多く信を置くに足らない。白魚が「さい」であり「み」であるわけはない、「み」「さい」はたしかに白魚ではない。鯉に似て、鱗細かからず、鯉よりも其形脩長、其色決して白くは無く、之を俯視すれば寧ろ鱸魚よりもずっと黒いのである。何様見ても雪ほど黒いものはなし、という俳諧の言ならいざ知らず、黒い白魚などというものがあるのは実におかしい。もっとも和名抄は鰠を「み」と訓んでいるのみで、史記に見えた白魚を「み」と訓んでいるのではないから、此点に何の関係も無い。鰠は山海経《せんがいきょう》の西山経に出ている渭水の魚で、「動けば即ち其邑大兵有り」とある変な魚で、地震に鯰、兵乱に鰠、有難いものでもないが、玉篇では此を鱣に似たりとしているから、爾雅の舎人の註に鱣、名は鯉（鱣は黄魚、ふか類だが）とあるのに依って、鰠を鯉に似たものとすれば、鰠は「み」即ち「せいたっぽう」になる。道理で鰠の字を幕末の書などに「さい」と訓ませているのがある。「さい」は鱸釣にはややもすれば出て来る外道魚で、秋の或夜、これの二尺に近いのの群に、新利根の水番前で材木町の芳という男と共に出会って、余り多く釣れて困ったことがあるが、大利根でも佐原あたりには大きなのが多く、「苗代ぜい」という語があって苗代時にはやや美味だが他の時は余り感心されない魚である。「あらい」にして潮来あたりで黙って侑《すす》めると、東京のえせ通人が、流石は水郷だ、好い鯉だ、などと自分で一杯はまって居ることがあるが、肉は鯉より白く、透明度が少い。武王がこんな外道の「せいたっぽう」などを「俯して取って以て祭る」となると、武王も金箔が落ちるようだし、御相伴の太公望が老人づらの口よんで疎らな歯の間に「せいた」特有の細骨がささって困ったろう顔つきなどは無邪気な滑稽だ。然し白魚は「せいた」では無かろう。第一に色が白魚の名に背く、第二に鱸や鯔の如くには跳躍することの少い魚で、舟中に跳り込むなどということは先ず以て無さそうである。第三に源順《したごう》は鱃を「み」即ち「せいた」としたので、「み」を白魚に擬したのではない。で、白魚と「せいた」とは離ればなれになる訳だ。「さい」を「せい」「せいた」「せいたっぽう」と譌るに及んで、「せいた」に纏《から》んでか非か知らないが「まるた」という魚がある。「せいた」は背板と聞えて、角材を製する時に鋸裁し去らるる余片をいい、「まるた」は未だ角材に製されざる前のままの材をいう。この「まるた」は成魚は其形鯉の如く、鱗は「せいた」より細く、色は白く、東京附近でも大なるは三尺近くまで発達するものが稀でなく、川又は篊《ひび》で老釣客なら其巨大なものを得た経験を有しているのも少く無いだろう。「せいた」及び「まるた」はいずれも釣客の目的物とせざるもので、荒川の尾久《おく》、多摩川の六郷あたりで「まるた」は狙いもするが、先ずは喜んで予期して釣るものでは無い。それでも往時は時あって大なるものが多く釣れた場合は、家へ持帰っても美く調味するに面倒な訳合から、此等の魚を要する蒲鉾屋へ船頭が持って行って、蒲鉾と取換えて其客に家へ携え帰らせるということも有ったそうだ。実際素人は余り手掛けぬが蒲鉾製造には好材料の魚なのだ。徳川時代の笑話に、釣師が蒲鉾を釣って帰るというのがあるが、あれは此事を斜に転訛して作った話で、野暮の口から行過ぎな、通の釣師に失礼の話さ、と老釣客から聞いたことが有って、如何にもと点頭した。此「まるた」の和名漢名は未だ考え知らぬ。「まるた」は「さひ」の小なるものの俗称だなどと教えてくれた人があるが、「さひ」とは何だ。「さひ」が「さい」ならば、丸太が背板の小さいのだなんぞという其様な馬鹿な誤が有るものでは無い。けれども「まるた」のことを「さいまるた」と呼んだ人も有ったように、極めて不確に記憶している。「せいた」と「まるた」は同族か、又無理にこじつけて云えば雌雄か、いずれにしても丸太と背板で縁は有るものか知れない、形は異なっているが其餌に就く様子などは近似している。彼等の巨大でないものは、定まってトトントトトンと都々逸の三味線を弾くように餌を扯《ひ》く。手釣の綸《いと》の長々しい線をつたわって、大きな川の水底からトトトトンと響いてくるのは、昼飯に寄った田舎の大茶屋の中庭を隔てた遥か彼方の部屋に姿は見ないが馬糞臭い土妓の存在を認めると云った風情で、嬉しいともなつかしいとも云おうよりは、何だか味気無い、退屈腹の立つような気分がそそられる。で、彼等を呼んで「都々逸」と称し、これを相手にするを嫌って、都々逸が出て来た、上客は引揚げる潮時だ、などと其場を逃げてしまう。又実に都々逸の三味線というものは、「めりやす」や端唄のと異なって殆んど歌に対して定まった合せどころの無いものだ、彼等の餌の取りようは、鯛の「しめこみ」や鱸の「めをかける」というが如き「合せどころ」の更に無いもので、何時何様ストライクして宜いものか分らぬから、真に都々逸なのである。其代り都々逸は褒めて云えば自由自在、悪く云えばでたらめ、定線路を走らない自動車流、飛行機流に唱っても、まず当人の予期効果は遂げられるように、彼等には餌が無くても宜しい、擬餌装飾が無くても宜しい、錘に少しの秘密の加減さえしてあれば、何も無しで釣れるもので、巧者な人は三貫目や四貫目を釣ることも不思議ではないのである。前に談った唐の元真子は自分の知った範囲内での無餌釣の祖師であるが、しかしあの高人もそれでは主に都々逸を相手にしていたのかと思うと、思わず微笑が催される。余談が長くなったが、さて此都々逸も、「まるた」の大きい奴になると、随分舟に跳込むことがあるし、且又体色も白い。そこで武王の舟に跳込んで、太公望の助太刀で取って押えさせた白魚は、「まるた」の方では無かろうかとも思われる。白魚は大なるもの六七尺とあるし、李時珍は鱗細、肉中に細刺有りと云っている其等の個条も皆相応する。但し時珍が、頭尾倶《とも》に上に向う、と云っているが、「まるた」は別に然様に記すべき程の事はない。白魚が「まるた」でも「せいた」でも鱸に関係は無いが、ただ清盛の同舟に居た山伏が武王白魚を得た故事を語ったところから、白魚を鱸であると合点したことが生じたのか、それとも猶それより以前からの云伝えか、我邦では、武王の舟へ跳込んだものを、庖丁家の方では鱸なりとしているのである。それで横路へ談が入込んだのである。

庖丁式法というものには、「周の武王の御舟へ丈に余りたる鱸一つ飛入りける。武王笏にておさへ給ふ。太公望抱きあげ奉りける。武王乃ち庖丁なされけり」と記してある。諸星吮潮斎の伝演味玄集は、料理の書の中では一寸好いものだが、其中にも、白魚とは出ているが鱸の事として、「綸言《りんげん》の鰭の名、これより起るとかや」と記して居る。それで舟木包早の無言抄には、わざわざ白魚は内山覚中云う、鰶（さいと読まする意なるべし）の一名なり、と反対意見を記している。味玄集の説は、漢土で鱸というのは我が「せいご」で、白魚というのが「すずき」であるとするのであるが、これは一部は彼土では大小皆鱸であることを知らずして、長さ数寸のものを鱸ということのみを知ったより起った言であるか知れ無い。又他の一部分の白魚即ち我が鱸なりというのは、味玄集より遥に古い庖丁家の伝に本づいているのも疑無い。我邦の古い料理、庖丁の式法及び割烹の伝は何様して成立ったか。神代からの伝承の有ったろうことは勿論である。今行われている甚だしい後世的の握り鮨の下に笹の葉を敷くがごときすらも、猶且神代の饗式の遺れるものである。蒻や雁もどきは固より神代には無かったが、物に串を打つおでんの式は猶且神代の遺風である。前に引いた櫛八玉神の辞の、前段に火をたくことを云い、中段に魚を取ることを云い、末段に、打竹のとををとををに天の真魚咋たてまつらん、とある打竹のとををとををは字の如くに「打竹」であろうとも、宣長の説の如くに「さき竹」であろうとも、とををとををは明らかに物の重くて竹の撓う形容で、それは竹串を魚に打って之を炙くところの当時の常式を表現したので無くて何であろう。次に朝鮮との交通が頻繁となるに及んで其影響を受けたことも勿論であろう。我々が毎朝用いる味噌汁は其語が証するが如く朝鮮系の食事の流れである。又次に支那の文化が取入れられるに至って、食饌の事のみ取入れられ無かったことは想像し得ぬことであり、支那の料理割烹の法の入ったことは勿論であろう。古い「かし」「かしわ」「かしわで」の語は中古から用いらるること少くなって、庖丁だの、膳だの、饗だの、献だのという語が代って用いられて今に至っているのでも分明である。我国の古式料理の、四条大草《おおくさ》其他の伝は、清潔と謹厳と樸実の我が神代の風を本としていること勿論であろうが、又其後の文化を取入れ、及び其等の自他の間の交錯、変移、醞醸、進展によって、我邦ぶりの発達と成立とを遂げたのであろう。ただ箇々についての詳しい歴史は不明であるが、ここに白魚は即ち我が「すずき」であるというのも、たとい後世の支那の書の白魚の解とは異なるにしても、其の庖丁家の古い伝に出づるを以て、むげには斥け難いのである。鱸の鰭に「綸言のひれ」という名がつけられているのも奇である。何様も漢土で付けた称とは受取れぬが、「綸言」は最尊者の言の義で、邦語では無い。古庖丁家の鱸の鰭について与えてある名称は、先ず第一に其脊鰭の、頭部に近いところを「波立のひれ」と云い、其次即ち中部を「賞翫《しょうがん》のひれ」といい、次の末部の、尾によりたる部分を「綸言のひれ」というのである。腹の方の、頭部に近い一対の鰭の右のを「飛行のひれ」といい、左のを「ふなこしのひれ」という。其次の一対のひれの、右なるを「外むきのひれ」、左なるを「内むきのひれ」、次のを「藻ずりのひれ」「砂ずりのひれ」、それから「おなもと」「水かえし」という。おなもとは「をなもと」で尾の本であろう。水がえしは跳ねる時に水をかえすの義で、ひれと云わぬものは尾であるからである。で、綸言のひれは武王が押えたことから起った名で、之を解く場合、先に鰭を一つ立つるをも、笏を以て押えたまうを以て「しゃくの鰭」ともいうと云い、鱸は必ず「おなもと」よりおろし始むるのも其由来であると云っているのである。それから又鱸の「五色鱠《なます》」というのも、其時水上穏やかに美しく五色の波の立ったからであると云伝えているのである。しかし此等の諸事は必ずしも強く斥け又は固く信ずべきではなくて、ただ然様いう云伝えがあると受取って置くべきのみである。白魚が果して鱸か「せいた」か「まるた」か、何様あったからとて、何になる訳でも無い、鱸が賞美されたものであるというの話材たるまでである。鱸を尾の方からおろすというのも、何も鱸のみに限ったことではない、鮭、鱒なども尾の方からおろすのを式とするが、これは扱いの便宜が宜いから然様定まったのだろうと解しても宜い。鰭の事を一々やかましく云うのも、魚鳥等の味はすべて運動機関及び其附近が美なのであることからで、其次が腹腴、最も劣るのが所謂正身なのであり、坊ちゃんや奥様の悦ぶところである。

鱸の五色膾というのは中古に於て賞したものと見え、吾妻鏡、建久二年八月一日の記にも、「今日大庭平太景能、新造の御亭に於て盃酒を献ず、其儀強ひて美を極めず、五色の鱸魚等を以て肴物と為す」とあって、源頼朝が、上総介、千葉介、三浦介等諸人と共に饗応された記事がある。五色膾というのは、青は指酢《さしず》で、指酢は即ち膾に用いる酢、それに蓼《たで》や何かの青みを持たせて青とするのであろう。黒は魚腸を焦がして細かにして右に置くとある。黄は薄身をいかにもこまかにつくりて、胆をつぶして酢で解いて染め、左に置くとある。庖丁家の秘事であるから、おぼえ留めて居た筈だが朦朧として今は明説が叶わぬ。庖丁の故実家に詳しく尋ねなければ、よい加減な虚言をいうことになろうから差控えるが、五色膾も何か知らん結構な料理として置いて、一体に我邦の料理に五色を具備せしめることは一ツの定式で、徳川末期までも、少し式ばった饗膳には用いられたものであり、今でも心得のある者は猶且其献立を造るに自在であるだろう。そんな訳であるから、五色鱸も昔は供せられたのだろうが、五色にしなくても鱸は膾が美だ。放蕩三昧で、自分で承知しながら天下を亡った彼の贅沢の隋の煬帝が「金齏玉鱠、東南の佳味」と賞美したのも鱸鱠である。金齏は醯醤の類に和するところの細切したもの或は辛いもの、香気あるものを齏といい、金は賞美の形容であるから、香橙皮、薑蒜、我邦なら蓼、山葵《わさび》、というところだ。東京の支那料理店では、鱸が得られるのに煬帝ほどの男が褒めた玉膾などは夢にも出さぬので、支那では烹焼せぬものは食わぬなどと云っているが、膾は孔子も召上ったし、元には「切膾旦」という美人が身をやつして賤の女となって鯉を切って膾をつくるところの画的であり且又詩的である戯曲さえあり、曹操も鱸膾を喫している。曹操の喫したのは疑わしい鱸膾で、腹の中へ入ると直に空気になったか何様か分らぬ。操が宴を張った時に賓客を顧みて、今日の会、珍羞ほぼ備わる、かくところは松江の鱸魚のみ、というと下座に居た左慈が、それは子細なく得られまする、と云って、大銅盤に水を盛らしめ、竹竿を取って釣を垂れると、やがて一鱸魚を引出し、客多くして魚足らずと操が曰うと、須臾《しゅゆ》にして復《また》何尾も釣出した。いずれも三尺余りなので操も座客も皆驚くと、おまけに左慈は蜀の名物の生薑まで致し得たというのである。操は目前に膾にせしめて其鱸を衆客と共に食ったという。此談は後漢書に出ている面白い談なので誰も知るところだが、同じような談に、介象が呉王と論談した末、庭に坎《あな》を作らせて鯔魚を釣出したというのがある。盤中から魚を釣出すの術は手づまであって、近い頃もこれを演じたものがあったと聞くが、それは釣竿の手元を空洞にして置いて魚を籠め置き、手際よく釣ったように見せるのだと聞いたが、其術では左慈だけの事は出来ない。おかしい事は左慈は終《つい》には曹操の許から逃出して行衛《ゆくえ》知れずになるので、手づま使いでも何でもよいが、道教の方では立派に道統中の人であることだ。しかし左慈が道教に寄与した教法上の事蹟は何も見え無いから、これは道教の方で左慈を釣り寄せたのかも知れない。又猶もおかしいのは曹操の弟の曹植、あの敏捷な詩人が其頃左慈一類の魔法仙術類を心得た者どもを幾人か手許に招集して、つまり生取って置いて調査した事で、そして仙か魔か手づま使いかを種々に試験したことだ。左慈が曹操の筵席上で技を示したのも、蓋し植の許に封じ込められて居た時のことだろう。そして植は自ら文を作って、それらの怪しい者どもの事を評論している。其文は詩文の人の植のことであるから、今でも存在していることである。文の意は無論仙術や魔法を肯定しているのではないが、妖しいことをするものもある、ああいうのが漢の武帝などに遭遇すれば碌な事を仕出しはすまい、と警戒的な結論をしているのである。左元放仙人の鱸釣は本文通りなら実に鮮やかなものだが、今でも与太釣師は釣った釣ったと、実は無い鱸を談話の幻術をもって元放に劣らず人に誇示するものがあるにはある。

実は無い鱸を誇示するのも一興だろうが、実は無い鱸を食ったり食わせたりするのもおもしろい。一寸時代はあるが、狂言の「鱸庖丁」がそれである。御求めの鯉を進上いたすべく淀の橋杭につなぎて生け置きたるに河獺《かわうそ》に半身食われたる故持参いたさずと虚言を言う甥に対して、其伯父、これを憎む余りに、去方より鱸を三尾もらいたれば、これを洗わせ居る間、やがて汝に振舞わんと、これも同じく有りもせぬことをいい、段々と鱸を料理するより、酒を飲ませ、濃茶を与うるまで、一々実際の如くにし、甥をして一々実際の如くに感謝の辞を云わしめ、末に至りて、汝が鯉は獺が食うたという、わが鱸は庖丁が食うた、今の始終の物語を、食うた気になって、とっとと帰れ、というに終るのだ。談だけで食ったり食わせたりするところに、如何にもおもしろみがある。後の十返舎一九が膝栗毛に、京の吝嗇者が弥次喜多に京の名物の美饌の談のみを多く仕て聞かせる可笑《おかし》味も、実は此の鱸庖丁に本づいた焼直しで、却って味は劣るのである。「狂言」や「中本《ちゅうぼん》」の談で無くて、多分真事実で痛快なのは晋の謝玄の尺牘《せきとく》だ。謝玄は謝安の一族で、人も知ったる秦の苻堅の百万の大軍が押寄せて、鞭を投じても流を断つというほどの勢で逼《せま》って来た時、精鋭八千を以て敢然として肥水を渉って、奮戦激戦酣戦快戦して遂に堅をして、其乗って居た雲母車をも棄てて大敗走するに至らしめた一英雄漢だ。謝安の姪《おい》の此の謝玄は、鱸庖丁の主人公の姪の鯉を獺に食われたのとは違って、平穏無事の日、兄の朗に与えた手紙に、「家に居りて大都為す所無し、正に垂綸を以て事と為す、永日を以てするに足る、北固山の下に、大に鱸魚有り、一出して手づから四十九枚を釣り得たり」と書いている。多分魚を贈った添状ででもあろうが、手紙の文はこれきりだ。筆跡の美わしい故を以て多く伝存した王羲之の書簡などに徴しても知るべき如く、晋宋の頃の人の尺牘は大抵短いこと是の如くである。明の徐文長が此書を評して、蒼古にして而して真なり、と云っているが、如何にも然様だ。北固山は鎮江府の北で、下長江に臨んでいる。何の位の大きさの鱸魚か分らぬが、四十九枚は御手柄で、百万の敵を破ったにも劣らずに、如是の瑣事は却て嬉しいものだから此手紙を書いたのだろう。人は多く蘇東坡赤壁の遊を為した日、得た魚を巨口細鱗、松江の鱸の如しとあるのを早合点して、鱸を得たことと思い、何ぞというと談柄にするが、あれは如しとあるのだから何の魚だか分らない、これは永日と有るのが正に「土用鱸」であり、「居つき魚」と考えられるし、四十九枚はすばらしい。であるにかかわらず、人は却て赤壁の魚のことを喋々し、羽倉簡堂の如きも其饌書に於て、赤壁に興を添うるは、二客にあらずして、而して四腮に在り、と云っている。坡公二賦の力、百万を破るに勝るというものか。

簡堂は「目の歓は花に若《し》くは莫《な》く、口の歓は肉に若くは無し、花を以て肉を品するも、亦間居の一歓なり、覧るもの其癖を笑ふ勿れ」といって種々の食物を花に比している。第一品では鯛を桜花に比し、鯉を蓮花に比し、香魚を蘭に比しているのは先ず点頭出来るが、鯨を牡丹に比し、すっぽんを芍薬に比しているのは、些《ちと》何様かと思われる。鱸魚は海棠に比せられている。海棠では何だか艶っぽさが過ぎて、幅が足らぬようだが、つり合わぬとて抗議したところで単に野暮の論に止まり、韻事の談でもないから擱く。其記に、「鱸魚、河海共に有り、夏月の膩《あぶら》あるを熱鱸と曰ひ、秋月の膩を秋鱸と曰ふ、秋鱸尤も珍なり。雲の松江、秋冬の際雷鳴れば則ち江鱸海に下る、土人湖口に於て之を網す、味殊絶なり。故に堀尾氏の時、名づけて松江と曰ふ。東肥、北丹、共に松江有り、亦佳鱸を出す。此物状味倶に韻なり」などと云っている。河海共に有り、と云いっぱなしは疎である。共に有るには有るが、我邦では昔から河鱸を尚び、海鱸は二の座のものにしている。河鱸と海鱸とでは、庖丁のしかたさえ異にされているので、其証は古式の料理書類に何程でも見出すことが出来るし、本草家は皆これを認めているし、実際海のは河のに及ばぬ。江戸や東京の者は大抵海すずきを食べていたもので、活魚即ち「いけ」というのは、明治では深川の河内屋、尾張屋、芝の河藤其他の多くの問屋へ、前には其頃の所謂「押送り」、無論活け間のある船、発動機船が出来て後は発動機船で、房州、上総、相州等から送りつけると、それを土間を仕切って囲いをして水深を深くせずに五寸かそこらにした水の中に入れ、絶えず竹管から小滝を落し、水味を適宜にして生けて置いたものだ。深川の中島町あたりの其景色は一種の江戸の味であった。魚は鉈切、野島あたりのが上物とされていた。何魚に限らず三崎水道寄りのものが佳いのである。活けて確実に活きると「いけとまった」と云うので、いけとまった魚で無ければ、はんだいへ入れて担がれれば直に死んで了う。いけてから死んだ魚なら漁場で直に殺した「野じめ」の新しいのより味は劣る。そこで兎に角江戸っ子は生けの鱸のぴちぴちしたのを賞して、暑い時など特にこれを無上のものとした。又実際それだけに其道の人の功がかかっているのだから、佳いには佳いに定まっていたのだ。釣るにしても、漁夫は魚をいためぬようにして釣るのである。魚を確かに取るには鉤の鐖《さかばり》、俗に「あご」といい、「かかり」とも云うものを高くすれば、魚は脱することが出来兼るのである。鱸は特に「鉤はき」「えら洗い」と素人釣師が称して恐れる芸を有っていて、鉤に当ったと覚《さと》るや否や尾や鰭に全力を尽して勇をふるい、突進的態度を取り、口を張り水を激して、そして鉤を口中の其刺さった部分からはずれさせて了うのであり、或は身を躍らせて顚倒する場合に鉤糸を三味線骨に触れさせて了うのである。であるから鉤の鐖を高くするのが之を避けるには無論利益なのであるが、漁夫は魚を傷めるのを嫌うから、麦つぶのような形の、実に小さな錢の、却って脱け易いものを用いて、魚に逃げられる危険は自分の技倆を以て之を補っているのを恒例とする。錢が高ければ口からはずす場合に魚を傷めることが大きいからである。是の如くにして釣り、是の如くにして活け、そして江戸や東京には供給されたのである。然しそれは皆海鱸なので、河鱸との比較を云うものすら少かった。それでも流石に柳営で用いたものは川鱸で、それは利根川の方から水路悠々と運び来られ、永代附近に大きな活け舟があって、それに収められていたのである。此事は明治になって浅草の石川千代松という人が、其舟を見、其事を調べて知ってから、それまでは誰も鱸釣を試みなかった大利根川に出征して川を開いた原因になったと、其人から直接に自分は聞いた。はじめは疑わしいことだと思ったが、天明あたりの洒落本の意妓《いき》の口《くち》だったか何だったか、何でも作者はたしかに振鷺亭だったと記憶する、其深川の遊里へ舟で行く途中の永代あたりで、鱸の大きな活舟の中で鱸の騒ぐばしゃばしゃという音を聞くという穿ちがあったので、成程と思った。石川氏は何にせよ、幼時おぼえていた其活舟から勘をつけて、当時は交通不便であった滑川《なめかわ》へまで出掛けたのであった。

熱鱸は熱鱸寒鱭という語が支那に存する。鱭は「えそ」というものだそうだが、関東では不明である。熱鱸は土用すずきと我俗諺で称するのに当る。秋鱸は下りすずきである。雲州松江の秋の末の雷鳴は、「すずきおとし」というのである。松江の地名が鱸魚に因るということは夙《はや》くから云伝えられているが、東肥北丹、共に松江有りで、松江の名あるところは亦佳鱸を産すと云ったのは簡堂にはじまる。何も然程に呉の地名を担ぎまわらずとも宜い。雲州松江も昔時は五尺もある鱸を出したと云われているが、今其様なものは殆ど出ぬ。又其様な老魚は、釣客には味があっても、食膳のものとしては佳でない。要するに松江のも海鱸でなく、湖鱸であるから宜いのである。川重明が、信濃川の秋鱸に一語も及ばざるは何ぞや、と評しているが、香魚と同じく、諸国の人々皆自分の国の川すずきを称美するのである。しかし、夏初ので無い以上、又「がり」や「のり」で無い限り、川すずきなら何処のも佳い訳だが、海すずきだとて川すずきだとて、畢竟は其水質が宜くて、又、底土が宜くて、そして魚の餌料たるものが美であれば、おのずから其魚が美な訳なのである。フィンランドの海の如き馬鹿げた海水なら、海産の方が美なるべき魚でも不味であり、悪水の川ならば、良い筈の川魚でも不味な訳である。東京から遠くない湖産の鱸で、人の言によれば鉈切やなんぞの海鱸よりはずっと不味なものもあるということを聞いている。川すずきを称して、蘭山は淀川、宇治川、小松河、相模川等を挙げているが、小松川は今殆ど産せず、相模川は瘠せ質の魚だと聞く。淀川は鯉と共に美であろう。越中のあらにた川と共に古人が賞美している。隅田川のも美であったそうだが、今は水質全く変じて、鱸どころか鮒さえ亡びてしまった。利根川は銚子へ落ちる大利根と東京湾へ落ちる新利根とで、魚の質が異なって居て、褒貶も人によって異なって居たが、今は双方とも多く産せざるに至った。河川工事と酷漁との結果である。鮭も大利根の安食《あじき》から取手あたりまでの間のは最も美で、明治前は江戸のお留守居茶屋と称せらるる割烹店では、秋風至って其魚が獲らるるに及んでは特に顧客に初鮭の報知をしたとさえ云う。ラインの川の誇りのような訳だったのである。今でも其美なることは変らないが、如何にせん甚だ少くなって、鈴縄の音はただ利根川図志に余響を遺しているに過ぎなくなった。鮭と鱸とは雁と燕とのように入れ代りになって、丁度其頃、「さけべっとう」という白い虫が紛々と雪の如くに落ちて流るる秋の水の景色は実に清寂であり幽閒でもあったが、今は大江の秋色も変に乾き切った懐かしげないものになった。川すずきを談ずるよりも海すずきを讃して、古河栗橋から佐原あたりをうろつくよりも、鴨居、鉈切から富津《ふっつ》辺をあさった方が、釣客に取っての時世適応かも知れない。清盛が熊野詣に拾ったのは海すずきである。熊野近くの海には鱸が多いが、可なり古い魚鳥平家物語に、「熊野侍には鱸しらはすの左太忠」という作り名がある。熊野侍は解ったとしても、しらはすの左太忠は解らない。其様なことは考えるにも及ばないと云えば勿論それまでの事だが、此作者はかいなでの人ではない恐ろしい人で、鮏の作り名を「鮏の大介」と云っている、その介というのも空に下してある字ではない、鮏鱒の大なるものを「すけ」というので、其語は今に猶存しているのである。それで鮏大介という名が作られているのである。と思うと、しらはすの左太忠も、何か解らぬ語が下してあるだけに訳があるだろうと思わずにいられない。鮏が面を見せれば鱸は帰る。鱸の談もここらで終ろう。

鱸の釣のことを語らなかったが、釣は語りたがる人が甚だ多い、何をもって今さら自分などが語ろう。それより折角の美魚のことだから、それを賞味する方の事を少し云おう。魚を花に比したのも面白いが、魚を俳優になぞらえて評判記風にしたのも、俚俗ではあるが亦おもしろい。「たつのみやこ」がそれである。今其書を有《も》たぬから詳言出来ぬが、何の役になっても他の及ばぬほど立派にしておおせる役者が真に大技倆ある役者で、何にしても立派に役立つ佳い魚が真に価値高い魚である。そして其上に、はまり役、独特の持味、到底他のものの企及することの出来ぬところのものを有するものが、愈々親玉である、極上上吉である。というような点からおもしろく諸魚を評したものであった。鱸は勿論煮物によく、焼物によく、塩焼は鯛にまさり、汁にも、膾にも、さしみにもよく、洗いは御家のもの天下一である。というように云ってあったと記憶するが、それはおぼろげである。ただ其中に、蒲鉾ようのものにはならぬところが、鯛に一著をゆずるとしてあったと記《おぼ》えている。これは公評でもっともである。野必大が、蒲鉾と作する亦佳、といえるは何様か。鯰と地震、ぎぎゅうなどについても、此書に一寸おかしなことが載っていた。それは擱き、扨料理の方をいうと、鱸は鯛と共に切方のやかましいもので、一体我邦で料理というのは、前かたは烹たり焼いたりの仕方よりは主に俎に対してのわざをいったので、俎箸を、まないた、まなばしというのも真魚板真魚箸で、古い語であり、華山院の御褒美にあずかったと伝えられる四官の太夫忠政なども、ただ是れ御前に於て鮮鯉を美事に切って打ったのに因るので、庖丁という語が数々用いられるのもその故である。もとより故実の奥深いことは知らぬが、浅はかなところでも切方九巻の書などいうものがあって、魚でも鳥でも一々小やかましく之を切り之を置く仕方を教えている。川の鱸は是の如く切れ、海の鱸はこうせよ、船中ではどうする、川辺にてはこうする、と口伝やら秘伝やらが何程もあって、恐ろしく神聖厳密的なのが式正の庖丁である。しかし鱸の切方の図などを見ても後世の我等には其意味も趣致も、時代の距離と無知の暗さとに隔てられて、更に解らない。盛方も亦今とは遠い。すべて此等は今の間に能く故老に学んで我が古文明を存し置くべきである。ただ古より鱸が、なまのまま、或は汁にして用いられたことは分明に知られる。料理物語などの時代になると、「せいご」は沖膾にすると宜いなどということになって、能く解る。同書にて、鱸の汁は昆布だし、上置も昆布、くもわたを入れてよし、薄味噌でも仕立てる、とある。くもわたは形蜘蛛の如くにして味美なりなどと後人は云っているが、蜘蛛の如くなる故に「くも腸」というのではない、組腸である。此くもわたは諸書、近くは八百善料理通あたりまで、皆賞美しているが、自分は供されたことがない。忠という老船頭から教えられて知ったが、実に古くから之を賞することを知っているのである。さしみの酢は、青酢、生薑酢よしとある。青酢は古式だ。生薑酢も古い、曹操以来だ、ハハハ。潮煮は元禄の日用料理抄其他に出ているが、これも猶古くからのものであろう。同書のさしみに鯛を霜ふりにして、鱸とつくり合せ、生薑酢としているが、霜ふりにせずば見た目と酢のなじみとが悪いからであろう。食膳は取合せが大切であり、感じと味とが、それによって音楽の合奏的効果の如き効果を挙げるのである。五月頃のこと、葭《よし》の筏をかい敷にして、洗いすずきに、ふか銀すじを置合せ、わさびをつけ、小猪口二つに、一方は煎り酒、一方は辛子酢みそを入れて出すのなぞは、正徳だけに進歩して居る。ふか銀すじは今の支那料理に使う魚翅である。あれを支那風では味をつけて煮て侑めるが、我邦では白湯《さゆ》で煮て柔らかにするのを銀筋といい、それを煎茶で染めて黄金色にしたのを金筋といい、両方共に出す場合には金銀糸という。ここの辛子酢みその方は銀筋につけさせるのである。此の献立は古風だが一寸よい。同じ書のさしみに、鯉のあらいに、かき鱸、かたすいせん、わさび、煎酒とある。これは鯉が主で鱸は従にされている。かき鯛かき鱸などの、かくというのは搔くであって、能く切れる庖丁をもて切らずに搔くのである。魚は薄くたたまって吉野紙を摑みまるめたようになって美しく、筋はおのずから除かれて、且煎酒等のなじみは甚だよくなるものである。病者の治癒期に始めて魚を与うる時など、よい鯛をかいて与えれば甚だ宜いものを、これを知らずに鯛なら宜いとて筋多きさしみを与える如きは料理に暗いことである。すいせんは葛ねりを切ったものだ。これにも前のにも、煎酒とある、煎酒は味を付ける大切な料だが、其作りかたは非常に多種多様で、これは料理人の腕に待つものであり、素人の馬鹿の一ツおぼえの製方などは、とても役立たぬものであろう、何とも云えぬ。以上のも古風で、今の料理上手は笑うでもあろう。すずきの指身の取合せ、四月には、くらげ、青豆、五六月にはみるくいを挙げているのも悪いことは無いが感心もせぬ。くもわた、盛りは土用の内なりと此書に云ってある。夏の汁、すましに、鱸くもわたとも筒切、吸口は青山椒とあるのは古風で簡単でよい。八月九月のすまし汁に塩すずき、青昆布を繊に切り、胡椒とあるのは、正月の鱈の汁のようでおかしいが、可否はない。つつ切鱸に、おごのりの清《すま》し汁も見えるが、おごさえ佳品なら悪くはない。此書にも鱸の蒲鉾に用いるべきことを云っているが、実際蒲鉾にしたのを味わったことが無いから、何様もうなずかれない。嘯夕軒宗堅《しょうせきけんそうけん》の調味抄は、まんざらの俗書ではない。それに本膳の焼物、鱸、浜焼、掛醤油とある。浜焼は大鯛、大鱸、いずれも美なるに定まっているが、自家では出来ぬし、インチキ浜焼は論に及ばぬから、結構だろうと思うのみだ。清しの汁の取合せに青昆布、みるは定石、吸口にみょうが、しそ、ねぎ、ゆ、とある、誰も異存はあるまい。膾に、酢は生蓼、生姜酢、わさび酢、とある。蓼酢はよいが、これは青いばかりで辛味の無いのを大抵の人はつくる、それを用いては有難くない。取合せ、大根、芹、瓜、赤貝、蚫《あわび》、くらげ、なまこ、栗、生姜、防風とある。取舎《しゅしゃ》は其人其時其物にある。さしみ、平造り、とある。取合せは、こだたみ、さき海老、糸あわび、糸いか、きす、さより、とある。こだたみなどは今は何時でもあるから、用いんとすれば用いられるが、何様であろう。煮物として、茄子、茸類を漿仕立にして加模するとあるのは、何様であろう。船場煮というのは何でもの塩魚を水多く煮て、大根、蕗等を加うるのである。此書に鯛鱸等もこれにすべきよしを記してあるが、船場煮というと今では塩鮭と大根と定まっているようになって、牡丹燈籠の友蔵の女房の辞に出て来て甚だわびしく聞える。鱸は成程船場煮にして旨かろうが、此今日の交通のよさに鱸を塩引しても売っていないから、同じようなことだが三四里手前の扱いにして、煮込の潮とする方が宜い。煮込のうしおは、いきなり鱸の切身に荒塩をふって置いて、少し時を経てから、それを水で煮るのみで、何なりと菜蔬を少し加えても、又何も加えずとも、それなりで、一寸吸口を加えるのみで羹《あつもの》とするのである。これと鱸の背切に生醤油をぶっかけて直に焼くのとは、釣客でなくては余りせぬ調理法だが、簡単で自然に近くてよい。酢にするには生きたのを其儘漬ければよいとあるが、鱸の丸ずしは余り大き過ぎる。もっとも紀州のさごしの丸ずしのことを思えば、それも出来るが、まず「せいご」を然様した方がよい。せいごの酢は皮が少し気になるが、中々よいものである。無言抄には鱸を糖味噌仕立の吸物にするとある。これは未試であり、又其糖味噌の様子が不明である。当座ずしにするともあり、味噌漬にするともある。当座ずしは無論よいが、味噌漬にしたからとて特に旨くなるものではない。味噌漬には鯛、あいなめ、あま鯛、まながつお、大鯛の筒切など、味噌づけになり手は沢山ある。此書にも他の書にも鱸の卵をからすみにするとあるが、未試であるから可否は知らぬ。恐らくは野母《のも》の魚の方へ株を譲って置いた方が宜かろう、若狭あたりの鰆《さわら》のからすみだとて感心ものでは無いから。歌仙料理も一寸粋な書だが、鱸については何も特別なことはない。ただ作りかたに「なげ作り」の用いられ、洗いの取合せに赤角てんの用いられることを知るのみだ。赤角天は美わしいだろうが海棠なりとの言を思出させるに過ぎぬ。冬の鱠に鱸を主とし、たいらぎの繊、きくらげ、栗、生姜の金柑を伴ない、雲丹《うに》酢を用いるとある伊呂波庖丁の冷月庵の言は、珍らしいには珍らしいが、妙とは思われない。夏の杉焼の火取鱸の相手に新里芋、早松茸《さまつだけ》。秋の二の膳の汁に、潮仕立、引っさきすずきに、たたき牛蒡、吸口柚。さしみに、湯引すずき、夕がおのせん、生薑、すみそ。此等皆新意を出しは出したれども、ただ古風を脱したというまでの感がする。こごり魚なぞに、鱸の切身に山の芋のあしらいも異だ。醍醐山人となると愈々新味を出して、冬に、鱸の洗い、かぶら骨、貝割菜、わさび醬油というさし身を示している。冬でも鱸は有り、雪すずきなどという語もあるが、何も冬に於て賞するにも当らず、鯨のかぶら骨なぞ寧ろ夏期に賞したいものを取合せるのも、新異を競ったものか知らぬ。夏の本膳の平《ひら》に、せぎりすずき、つけぜんまい、榎の木たけ、薄葛という趣向も、稀ではあろうが、何様なものか。ただ鱸の洗いの仕方を其書に、うすさしみにして水にて洗うなり、と記してあるのが、書冊上で見た今の洗いすずきの方法の最初である。洗うというと今こそ皆其の如くにするのを云うが、最初から然様であったのか疑問である。古く洗うというのは、言葉通りに魚を能く洗って其のなまぐさ気等を去るのを云ったもので、然様せぬ時は生のまま口にする指身は厭わしい香がする故、腥気の存するところの鱗や鰭等をよくよく洗い、又は洗わせたものである。洗って後に聶切せんとする肉は即ちさしみであり、其切りかたは、「なげづくり」「平づくり」「糸づくり」等の種々が有ったのである。それで今でも京阪地方では「つくり身」略して「つくり」とそれを云うので、正しい言葉である。平づくり等にしたものは洗うこと無しに侑めたものである。今の洗うというのは、切って後、即ちつくって後に冷水氷水等で洗うので、進歩したもののように見えるが、果して進歩か何様か、兎に角に昔とは違う洗いかたである。その今の「洗い」が何時から始まったか知らぬが、此の享和元年の序のある書の即席料理の部の大鉢の条に見えているのが、自分には眼につくのであるのである。自分は今の「洗い」というものを嫌うというほどではないが、過った進歩をしたものではないかと思って居り、古風の「洗い」を丁寧にして、平づくり其他のつくりにしたものの方が魚に取っても自分に取っても宜いように思うので、かかることを云うのである。猶此のほかに可なり古い江戸料理集、近い八百善料理通其他多くの書に出ている鱸のことは沢山にあるが、談ばかりの佳饌珍味をならべるも、鱸庖丁の狂言のようで気がひけるから、これで冗談を終りとする。

塩鯨

水無月や鯛はあれども塩鯨

「塩くじら」は水無月の食い物である。くじらの皮を強い塩に漬けて木枕ほどの形にしてあるのを、うすく刺身のようにきり、それへ熱湯をかける。するとそれがはぜたようになりて、ちりちりと縮んで、玉の如く白くなる。それを冷水に冷やしたうえで酢味噌で食うのです。冷たくきれいで全く暑月の嘉味とすべきものである。鯛のなまぬるさよりも塩くじらというのです。暑熱の時分の鯛はいけません、鯛よりは鱸、鱸よりは塩鯨です。然しあっさりしたものと思われては困ります。ほとんど全体が脂肪ですからね。何様か御上りなすって下さい、芭蕉の夏の献立ですから。ハハハ。辛子酢味噌、蓼酢味噌、唐辛子酢味噌などが甚だ宜しい。

菓子

煙草は必要でない。といえば珈琲も必要でない。コカだの、紅茶だの、緑茶だの、番茶だの、そんなものも必要で無いといえば必要で無い。そういうものが無くても吾人の祖先は生活して来たのであるから、必要不必要で物を論ずる日には、大抵なものは必要で無い。酒は恐らく原人時代からもあったろうが、それでも必要で無いといえば必要で無い。禁酒論者などから云わせれば、不必要どころでは無い、有害不利のものである。

だが必要不必要ばかりが世の中の唯一の標準では堪らない。第一大抵な奴は不必要な動物に違い無い。蝨《しらみ》の不必要、蚊の不必要、蚤の不必要とおなじく不必要の人間も少くはあるまいが、御手元拝見と来られて、貴殿は必要物か拙者は必要物かと論じる日には、国家に取って必要でござると威張れる人間は、そうたんとあるまい。よしんば威張って呉れたにした所で、それは自己存在の弁護に止まるのであるから、傍から認めない以上は何の権威もないことだろう。そして又、国家民人といえば何となく立派だが、一体人類全体が世界に取って必要な裸虫と定まった訳でもないだろう。だが、そんな野暮を云って居ても仕方がない。ここに在る、ここに思う、ここに否もあれば可もあり、好もあり嫌もある以上は、必要不必要の論を振りまわすことの可なるを信じ、好きであることを自認している人が不必要と必要とで物を論ずるのも仕方が無い。

菓子というものも、必要不必要から云ったら、二宮尊徳先生の流儀では鎮守の祭の時などの外は不必要かも知れないが、兎に角、茶も飲み、煙草もふかすという人々に取っては、やはり必要である。必要であるというが悪いならば、必要あるに類していると云って置こう。不必要と必要とで物を論ずるのはおもしろくないと感じている吾人も、菓子を然程《さほど》に必要の物であるとも思っては居らぬが、菓子があるのと無いのと、どちらがよいかと云えば、ある方がよいと思って居る。

ところが然程に注意もしては居らず、感情や打算を寄することを敢てして居らぬ菓子に対しても、好嫌は自然に起って来る。これは理窟でも何でもない、衛生がどうの、成分がどうの、体裁がどうの、趣味がどうのという、ヘチむずかしいことからでは無いが、普通に菓子というものの大部分を占めて居る餅菓子という奴は、甘くて、重たくて、チト難有くないとおもう。それから蒸菓子と云う奴、これはやや上等の方だが、これもまた甘過ぎる。特《こと》に気に入らないのは、蒸菓子という名前が本来を語って居るにもかかわらず、冷いのを売っても居るし、またそれを其儘に食わせもするし、食いもすることである。馬鹿々々しい。蒸菓子ならば蒸したてのあたたかいのを食うのが本来だろう。つめたい菓子を売って居るのは、冷い茶碗蒸を売って居るようなものだ。冷い蒸菓子を食わせるのは失敬千万で、冷飯を出して人にふるまうという心易い間柄だけに許容し得ることだ。立派な錦襴手の鉢に堂々たる富豪やなんぞが、冷たい蒸菓子を盛って出すということがあるものか。特にけしからぬのは客商売のお茶屋などで冷い蕎麦饅頭なんぞを、葬式の場合じゃあるまいし、すました顔で出すことである。これもまた咎めもしないで喰べてやるから、これでよいものになってしまって居る。酒を飲む前に冷い餡物なぞは食わせられてたまるものか。一体餡物は熱いのがよい、冷いのは感心しない。

それから干菓子の類になると、まあ飾り物の部になるし、そして又そう毎度出逢うものでもないからどうでも宜しいとして、其次に流し物の羊羹類や何ぞは結構には違いないが、平均して甘過ぎる。水羊羹や、いろいろの何羹彼羹という奴は、それぞれに洒落たのも贅沢なのもあるが、やはりならして甘過ぎる。

金平糖達磨糖氷砂糖の類は大にすたった。其代りキャラメルだのヌガーだの何の彼のと、おかしな唐人の名みたようなものが沢山出て来たが、何でも新らしいものずきな世の中には、香水や化粧品の名と共にバタ臭ければそれでよいと思われるだけの事で、さっぱり感心しない。包み紙や箱の気のきいた奴が勝利をしめているのもおかしい。そしてやはり坊様嬢様のお相手をするのが本相場だ、甘い甘い。

此頃黒砂糖の菓子が一部に流行するのもおもしろい。余りアクヌキ砂糖の普通になった結果として、又其反動として、そして尚古的気分の発露として、黒砂糖の焦げ味のあるようなのが珍重されるのも妙だが、さて其実はというと矢張り甘い一点張である。西洋菓子、やはり甘過ぎる。甘過ぎない奴は腹にもたれ過ぎる。支那菓子、油すぎる。

駄菓子にはむかし猫の糞兎の糞などという如何わしい諢名のものがあったが、駄菓子が実は日本中行われたもので、分布範囲の広さからいったら、駄菓子が蓋し日本的菓子の頭分であろう。餅菓子でも蒸菓子でもなく干菓子でもなく、西洋菓子でも支那菓子でもない駄菓子の形式は、取扱にもモチにも経済的にも、色々の点に於て優者たる資格をもっているので、それで一般に於て平民的勢力を得たのだろう。あれを頭脳のある菓子屋先生が観察して見たら何うだろう。も少し進歩した、そして工合のよい、余り胃腸を害する程甘くも無い、変に凝った趣味でも無い、わる贅沢でもない、そして取扱いのよい、モチのよい、日本人的気分の満ちたものが出来そうなものでは無いかと思う。

菓子の原料に日常の国民の主食物若《も》しくはそれの変成物を用いるのは感心しない。米、麦、なんどを菓子の材料としないで、菓子には成るべく産額の少しずつ異なった穀類や樹の実、草の蓏《み》などを用いてこしらえてもらいたい。もろこし、とうもろこし、そば、粟、胡麻、種々の山地水郷の余り主立った役に立たぬ産物、それらのものを直接に、又は変化させて菓子にして欲しい。さすれば棄てたるものが生きて、貴いものが節約される訳でもあり、且又異ったものに人の嗜好は惹かれるという原則にも叶ったことであるからである。野生の植物は、飢饉の歳の窮民でない限りは、主な食物としては喰べられないが、菓子としては一寸おかしく食べられるものがいくらもある筈だ。但しこんな事を考えて居ては菓子屋さんに取って何の益をも生じ無い。やはり手取り早く銭嵩《ぜにがさ》のあがるものをこしらえる方がよいのであるから、所謂必要不必要から言えば、こんなことを云って居る程不必要な事は無いであろう。ハハハハ。

笋を焼く

白楽天の筍《たけのこ》を食ふの詩の句に曰く、

紫籜　故錦を析《さ》き、

素肌　新玉を擘《さ》く。

と。筍の皮の剝かれ身の見《あら》はれたる潔さを巧に言ひ取りたり。筍の愛賞すべきは言ふまでも無けれど、楽天の富貴を以て、次句に、毎食遂に加飧し、時を経て肉を思はず、といへるは、少しく脩飾に過ぎたらずや。しかも春夏の交にあたりて、筍はまことに嘉餐たり、時に当りて寒盤に光を生じ、枯腸も潤を為すおもひ有り。たゞし筍も彼と此とは異なればにや、吾が邦人は煮て食ふのみ、焼きて食ふといふは妄言者の談に聴くあるのみ。

されど支那にては焼きて食ふことも有りと見えて、黄山谷が蕭巽、葛敏修二学子、予が食筍の詩に和す、次韻して之に答ふるの詩に、

根に就いて　煨柮するの美、
豈念はんや　炮烙の債。

の句あり。柮は木頭なり、ほだなり。煨は懶残煨芋の煨なり、焼くなり。されば根のところにて、ほだ焼きすることも有りて、其味甚だ美なりと為せるなり。金の郝天挺の食焼筍の詩の頭句に、

煨柮　旧聞く　山谷の語、

といへるも、正に此句を指して云へるなり。郝詩は題して既に食焼筍といふ、

未だ放たず　錦繃　束縛を開き、

已に看る　玉版の　荼毘を証するを。

の一聯、明々に其状をいふ。玉版は筍身を云ひ、荼毘は火化をいひ、錦繃は籜をいふ。句は佳ならざるも、実を伝ふることは伝へたり。又楊万里の唐徳明の筍を恵まる、を謝するの詩に、

錦紋猶帯ぶ　落花の泥、

論ぜず　焼煮を　両《ふた》つながら皆奇なり。

とあり、唐庚の食筍行の詩に、

　野人は惜まず　蒼苔の古《ふ》りたるを、
　掘得て　嘉餐　自づから焼煮す。

とあり。楊、唐の詩、優劣ありと雖も、焼字を下しあるは一なり。焼笋を食ひて、陳惟寅の竹間に留題せる明の楊基の、

　春雷　一声　万簪の玉、
　参差　乱れ迸りて　莓苔緑なり。
　斬り来たつて　葉を掃ひ　当境に焼く、
　何ぞ異ならん　萁を燃して　秋菽を煮るに。
　盤に登る　查牙として　玉版肥ゆ、
　尾を焦し砕破す　蒼龍の皮。
　山人　大嚼　以つて報ゆる無し、
　写し作す　林間　笋を焼くの詩。

の一篇に至つては、野気横溢、人をして笑を催さしむ。当境に焼きて、大嚼を敢てす、竹林の主人饕餮せる無からんや。蘇東坡の、猫児頭笋を恵まる、を謝すの詩に、

長沙　一日　籩笋を煨く、
鸚鵡　洲前　人未だ知らず。
走送　煩はす公の湯餅を助くるを、
猫児　突兀　鼠　籬を穿つ。

の一絶あり。煨の一字あり、明らかに是煮るにあらざるを知る。たゞ猫児頭笋の一語、猜解すべく、明知すべからず。籩笋二字も、籩は竹器なれば、解し難し。且転結二句も戯謔に過ぎて、品格無く、しかも此詩、予の蔵本蘇集に載せず、疑はしきあるなり。同じ東坡の作るところの戯謔の一篇、劉器之好んで禅を談ずれども、山に游ぶを喜ばず、山中に筍出づ、戯れに器之に語る、同じく玉版長老に参ず可しと、此詩を作ると題せるあり。査初白註に、苕渓叢話を引きて曰く、東坡嘗つて劉

器之と与《とも》に同じく玉版和尚に参ず、器之欣然として之に従ふ、廉泉に至り、筍を焼いて食ふ、器之筍味の勝るを覚ゆ、問ふこれ何の名ぞと、曰く玉版と名づく、此老僧、法要を説き、人をして禅悦の味を得しむと。器之是に於て方《まさ》に其戯を悟ると。詩は禅家の語を用ゐて善く游戯す。苕渓叢話中に、焼筍而食の語あるに徴すれば、東坡も亦焼いて食ひしこと明らかにして、蓋し当時の異とせざるところなり。東坡山谷、其人となり清雅、葷羶《くんせん》を好むよりは寧ろ淡泊を愛す、おのづから笋蔬の談を伝ふるに至れるなるべし。山谷に至つては、食筍十韵の詩二篇有るのみならず、苦筍賦を作りて、蜀人の食ふ可からずと為すところの苦筍を称して、「苦にして味有るは、忠諫の国を活かすべきが如く、多くして害あらざるは、士を挙げて皆賢を得たるが如し」といふ。筍を嗜むも亦極まれりといふ可し。

宋人の筍を焼いて食へること前述の如し、たゞ唐人に至つては、白楽天に食筍の五古あり、韓昌黎に侯協律の筍を詠ずるに和する排律長篇ありと雖も、皆隻語も煨焼を言はず、豈唐人未だ煨くことを知らずして、宋人に至つて焼くを解するに及べるか。我邦の飲饍の道、平安朝は唐に学び、足利期は宋に承くるに似たり。しかも筍を焼くのことは、之を耳にせざるが如し。おもふに彼邦の筍は繊小、故に小説の文詞に美人の指を形容して、纖々春筍の如し、といふものあり。吾邦の賞食するところの筍は、孟宗竹、真竹、淡竹等のものにして、美人の玉指とは懸絶して巨なり。されば巨筍もとより焼いて熟するに至らざるべき乎。篠竹等の細筍に至つては、煨いて而して食ふ可き乎。筍は蓋し巨細を論ぜず、海草嫩芽と共に烹て羹として食ふ最も佳なり。何ぞ焼くと焼かざるとを論ずるを須《もち》ゐんや。

珍饌会

其一

「イヤもう十分頂戴いたしやした。流石《さすが》の猪美庵《ちょびあん》も此上はいけやせん。」

「コウ乃公《わし》の前でそんな事を云って通ると思って居るようじゃあ足下《そっか》も青いぜ。好《い》いさ、仮面《めん》を脱いで正体《しょうたい》をさらけ出してへべるまで飲《や》るさ。生虚言《なまぞら》あ使って十分なんぞたあ、伊勢屋《いせや》の隠居さんに熊公《くまこう》の言う白《せりふ》じゃあごんせんか。」

「ヘッヘッへ。こりゃあ酷《ひど》い。そろそろ鍾斎大人《ちょこさいたいじん》の風雅的中腹《ちゅうっぱら》てえ奴《やつ》が出て参りやしたナ。実際のところ既《もう》飲《い》けないんで。まず如是《こう》でげす、御聞き下さい。今朝《けさ》第一番に新年の御慶《ぎょけい》と躍《おど》り込んだのが無敵《むてき》さんのところでげしょう。何が彼《あ》の強者《つわもの》の無敵さんの事でげすから、善来《ぜんらい》！、猪美庵！、我汝《われ》の来《きた》るをば待つこと久し、さあ来い戦わん、というのですから逃げもされません。心得たりというので飲《や》り始めたのでげす。ところが此方《こっち》も此方なら敵も敵ですから、勝負は果《はて》し無くて、相退《あいびき》に退きましたが、いや何様《どう》も人交《ま》ぜもせず長々と戦ったのでげす。」

「フン。無敵と足下たあ好《い》い取組《とりくみ》だ。だが無敵のところじゃあ碌《ろく》な下物《かぶつ》は出すめえ。彼の男の家《ところ》の下物を当てて見ようか。先ず塩鰊鯑《しおかずのこ》の一ト腹そっくりとして居て些《ちっと》も潰《くず》れて居ねえという奴《やつ》が一寸《ちょと》自慢で、それに青味をあしらいか何ぞしたのを講釈付きで食わせたろうッ。」

「イヨーッ、明察恐るべし、仰《おっし》ゃる通りさ。」

「それから又後《あと》が鱈《たら》の卵《こ》の味噌漬《みそづけ》で、こりゃあ味噌を僕が吟味して東京《とうきょう》から送って遣って、其奴《そいつ》へ彼地《あっち》で漬け込ませただけが天狗《てんぐ》でござる、と云いながら味噌だらけのまま出した奴《やつ》を、彼《あ》の男が巧者《こうしゃ》らしい顔を仕て皿の上でもって、卵《こ》が被《かぶ》って居る美濃紙《みのがみ》をするりと取って見せるネ。」
「妙々《みょうみょう》。石龍子《せきりゅうし》々々。」
「竹の色の真青《まっさお》な美しい利休箸《りきゅうばし》で、大《おおき》な方頭魚《あまだい》の味噌漬を客の前で取り分けると
いうような事《こた》あ、段々にお茶屋の婢《ねえ》さんが遣らなくなるから、其代りにまた彼様《あん》な
変通《へんつう》が現《あらわ》れるのかネ。」
「厳《きび》しゅうがすナ、どうも。元日罵《のの》り初《ぞめ》という訳でげすかイ。」
「ハハハ。ナニサ褒むべき事は乃公《わし》だって褒めるさ。無敵が、鱈の卵《こ》はポン鱈とい
って小《ちい》さい鱈があります、其の小い鱈の卵《こ》に限りますから其《それ》卵ばかり漬けさせます、
普通《なみ》の鱈の卵《こ》は漬けさせません、と云って居るが、彼処《あすこ》等は何といっても彼《あ》の男も
話せるところがあるんだネ。」
「成程。」
「だが、毎年《まいとし》々々同じ味噌漬で高慢はあやまるじゃごんせんか。あれが手前味噌と
も駄味噌ともいうもんだネ。第一蝦夷地《えぞち》ばかりで持切《もちき》って居るのが下《くだ》らないさ。松《まつ》
浦多気志楼《うらたけしろう》時代なら其《それ》もおかしかろうがだ。」
「どうも胴切《どうぎり》という罵り方でげすナ。マア無敵は其辺《へん》で容赦《ゆる》してお遣んなすって下

さい。それから小生《わたくし》は道順《みちじゅん》ですから辺見君《へんみくん》のところへ出ましたネ。」

「フーン。あの高襟男《ハイカラおとこ》がまた缶詰《かんづめ》で持切るにゃあ降参したろう。」

「でげすナ。実に何とも何様《どう》も驚きやすよ。勝手《かって》の知れないものばかり出されるんですからネ。加之今日《しかもきょう》はまた酒が、」

「また例の合《あわ》せ酒《ざけ》じゃあ無かったか。彼《あ》の様子《ようす》と来たら何の事は無い、頓《とん》と西洋手品《せいようてじな》だネ。」

「イヤ、あの先生の御手ずからの合せ酒と来たら堪《たま》りやせんネ。変に苦《にが》かったり甘《あま》かったり、一度なんざあペッパーミントとか何とかいうものが入《はい》り過ぎたって云うんで、緑青色《ろくしょういろ》で、異《おつ》に甘くって、薄荷《はっか》のようにスウスウする酒を、飲め飲めって飲まされたにゃあ不気味《ぶ》で弱りましたよ。」

「ハハハ、緑青色の酒なざあ面白いネ。」

「へッへッへ、其時あ中々笑い事どころじゃあ無かったんでげす。それでも今日《きょう》はまあ年《とし》の首《はじめ》だけに、村井長庵《むらいちょうあん》が洋行してウエイタアを勤めて来た挙句《あげく》に仕そうなような事は始まらずに仕舞いましたが、其代りチャンと出来て居るコックテイルとか何とかいうのを飲まされやした。」

「フーン、其の方が無難でマア好かったろう。そうして其《それ》あ如何《どん》なだったネ。」

「複雑《いりくん》だ味でげすから何様《どん》なとも云えやせんが、つい口当《い》りが好いもんで貪《むさぼ》って飲みやしたら、前に飲んだ酒の有る上ですから、さあ酔って酔って困りやした。」

「何様《どう》も洋酒は危険《けんのん》だから口に欺《だま》されちゃあならねえ。一体彼《あ》の男のところで迂闊《うかつ》に物は食えねえ。一寸《ちょっと》した菓子なんかでも彼地《あっち》のものは異《おつ》に強い香気《におい》なんぞが含ましてあるから、下手《へた》なものを食おうもんなら腹の中まで香水《こうすい》臭くなって仕舞う。」

「流石《さすが》の大人も何《なん》かに中《あ》てられやしたネ。」

「ナアニ。ウーン。何、あんな若輩《じゃくはい》な男に驚かされるものか。それから足下は此《こ》処《こ》へ来たのか。」

「いえ、辺見君のところを出てから天愚子《てんぐし》のところを訪《と》いますと、天愚先生は不在でした。そこで例の美細君《びさいくん》に御茶を所望《しょもう》して、冗談一時《むだばなしいっとき》大《おおき》に酔《よい》を醒ましたところで此方《こちら》へ伺ったのでげす。如是《こう》いう訳で、すっかりと地《じ》のあるところへ、また大人と一戦に及んだのですから、残念ながらもう太刀打《たちうち》は出来やせん。」

「いけねえ、いけねえ。足下も猪美庵とも云われて堂々たる新聞の珍種《ちんだね》記者じゃあ無《ね》えか。その猪美庵ともあろうものが、川縁《かわっぷち》に出張《しゅっちょう》した平家《へいけ》じゃあ有るめえし、ヘたくたに逃《にげ》を張るという事《こた》あ無《ね》えじゃごんせんか。まあ御交際《おつきあい》なせえ、今絶妙《ぜつみょう》という下物をあげます。其《それ》を味《あじわ》って貰わなくっちゃあお半《はん》（若き妾《めかけ》）が恨みますぜ、ハハハ。足下が帰りを急ぐ理由《わけ》も分って居るが、好《い》いさ、まあ好いさ、もうちっと飲《や》るさ。」

「ですが大人、いずれまた伺いやす、今日《こんにち》はもうこれで、」

「好《い》いさ、猪美庵じゃあ無《ね》えか。」

「ですが、もう、」

「ええ、分らねえ人だ、お交際《つきあい》なせえというのに。」

「でもう、」

「なんだえ、猪美庵子《し》！。お半、お半、汝《てめえ》がこしらえるものあ薄汚《うすぎたな》いって云うんですナ、猪美庵さんは御帰んなさるとよ。酒の下物《さかな》一つ手綺麗《てぎれい》にゃあ出来ねえ、薄鈍《うすどん》な奴《やつ》じゃあ無《ね》えか、忌々《いまいま》しい。」

「あら猪美庵さん、酷《ひど》い事ねえ。たんと妾《わたし》を御叱らせなすって、そうして貴下《あなた》は何処《ど》か《こ》へ行って甘《あま》ったれたいの。厭《いや》な人ねえ、二日《ふつか》は明日《あした》ですよ。ちょいと彼《あ》の三《さん》や猪美庵さんの御雪駄《はきもの》をネ、向うの溝《どぶ》ん中へ抛《ほう》り込んでお仕舞いよ。」

「驚きやすな、お半の方《かた》！。どうも乱暴ですな、果断過《えらす》ぎやすナ。じゃあ是非に及びやせん打死《うちじに》と覚悟を決《き》めて飲む事と致しやす。」

「ハハハ。」

「ホホホホ。」

「何様《どう》も此家《こちら》は御手当《てあて》は結構だが、大人の酒量《たる》が大過《おおきす》ぎるのと客当りが荒いのとが玉に瑕《たまきず》だ。大人の肝癪《かんしゃく》と皮肉と強情《ごうじょう》たあ誰《だれ》でも恐れて居やすからネ。」

「ハハハハ。」

「ホホホホ。妾《わたし》あ肝癪持《もち》でも皮肉でも強情でも無いけれど、ただ一寸《ちょっと》門前の、」

「小娘で人真似《まね》をするんだと仰《おっし》ゃるのだろうが左様《そう》はいきません、貴所《あなた》もなかなか御人《おひと》が悪い。」

「ようござんすよ、たんと注《つ》ぎますよ。」

「いくらでも御注《つ》ぎなさい、其代り酔い倒れて仕舞ってから夜半《よなか》になって、何様《どん》な事を仕出かすか知れやせんぜ。」

「ハハハ、酒は斯様戯《こうふざ》けて来なくちゃあ面白くない。お半、汝《おまえ》は下物《さかな》を疾《はや》くこしらえて来い。」

「ハイ、ただ今。」

「時に猪美庵子、足下を引留めたのにも仔細ありで、ちと年甲斐《としがい》も無いようだが一ト謀反《むほん》起そうかという考案《かんがえ》があるからだ。何と一味連判《いちみれんばん》には加わって呉れねえか。」

「ハテネ、謀反と云って大人がまさか新橋柳橋《しんばしやなぎばし》へ御出馬という事でもございやすまい。」

「もとより其様《そん》な事では更に無しさ。事の起りは如是《こう》なのだがネ。それ此頃《このごろ》評判の食心坊《くいしんぼう》という小説があろう、彼書《あれ》を目前《めさき》の見えない椋鳥紳士《むくどりしんし》が乃公《わし》のところへ歳暮《せいぼ》に呉れたのだ。其書《それ》を閑暇《ひま》だから読んで見たところから思いついたのだが、彼書《あれ》に書いてあるのはマア真面目《まじめ》な方でおかしく無い。彼様《ああ》でも無い斯様《こう》でも無いって云うような事を論じて居る我が党《とう》にゃあ白湯《さゆ》を呑んだも同じ事だ、そこで一つ正月の持《もち》娯楽《なぐさみ》に我が党の五六人でもって、彼《あ》の書なぞにゃあ到底《とても》無い奇々妙々の珍料理の持寄《よ》り会《かい》を仕て、遊ぼうと云う謀反だが是《これ》あ何様《どう》だ。」

「面白いッ、是非やるべしでげす。こりゃあ可《い》い。あの小説が売れたのを見ても、天下の亭主どもが平生《ふだん》何様《どん》なに不美《まず》いものばかりを嚊《かかあ》どんのために食わされて居るかが分って憫然《かわいそう》でならないでげすナ。せめて此書《ほん》でも買って嚊に読ませたら、少しあ嗅が美味《うま》いものでも食わせて呉れるだろう、鰯《いわし》の目刺《めざし》だの塩鮭《しおじゃけ》や塩鰡魚《とび》だのをころりと抛《ほう》り出されたり、大根胡蘿蔔《だいこにんじん》の味も無い源平汁位《げんぺいじるくらい》でばかり逐払《おっぱら》われ通《どお》しじゃあ情ない、というところから買ったものが多いのでげしょう。そんなものを大人のところへ持って来たなざあ大笑いでげすナ。一体此の節は何《ど》の新聞にも雑誌にも、闇雲《やみくも》に料理の事が出て居ますが、随分大変な事が出て居ますぜ。」

「あてになるなあ赤堀《あかぼり》老人の云うこと位《ぐらい》なもので、其他《そのほか》のにゃあ素敵滅法界《すてきめっぽうかい》なのが多いようだ。そりゃまあ何様《どう》でも関《かま》わねえが、此方《こっち》あ何様《どう》せただの美味《うま》いものを食ったって悦《よろこ》ぼうという玉《たま》じゃあ無《ね》えので、人のまだ食わねえ誰《だれ》も知らねえ、通《つう》の上の通、異《おつ》の上の異なものを食おうというんだから、ただの鼠で無《ね》え連中で、」

「みんな献産屋《けんざんや》の鼠でげすかい。」

「古い古い。思いきって珍な料理の持寄りというなあ宜《よ》かろうじゃ無いか。そこで先ず会の名は珍饌《ちんせん》の持寄りというところで珍饌会は何様《どう》だ。」

「宜うがすナ。世間の料理天狗や食物本草《しょくもつほんぞう》の荒胆《あらぎも》を抜くようなものを持寄るのでげすな。」

「それ、それ、其《それ》の事さ。いくら美味《うま》いったって知れきった物じゃあおかしくない。早い談《はなし》がそれなら寧黒人《いっそくろうと》に頼んだ方が会をするより増《まし》な位だ。だが是《これ》お互に三両五両する蒲鉾《かまぼこ》を食ったって今更美味《うま》いとも云うまいと思ったり思われたりして居る高慢男だ、だから何様転《どうころ》んでも普通《なみ》一ト通りじゃあ面白くない。何でもいいから、赤堀も甘《あ》めえもんだ気の毒だけれども此の味あ知るめえ、といったような物を持寄るんだナ。」

「ン、なあるほど。」

「そこで会主が乃公《わし》さ、副《そえ》が足下さ。二人《ふたり》名前で廻状《かいじょう》を出して、来《きた》る十五日に此《こ》家《こ》で開会、品評の上、一番凡俗のものを持って来た奴《やっ》は罰《ばっ》するというのだ。」

「罰は、」

「罰もいろいろ考えたがナ、苟《いやし》くも食物《くいもの》の論に口でも容《い》れようという奴《やつ》が、下《くだ》らないものを持ち寄った以上は、もうちっと物の味でも記《おぼ》えて来いという理屈で、味の源《みなもと》は水だから水を飲ませるのが可《よ》かろう。」

「此の寒《かん》の中《うち》に冷水《ひやみず》でげすかネ。」

「左様《そう》さ、罰の事だから辛《つら》く無くちゃあ。処々《しょしょ》の井戸の水河の水を一合《いちごう》ずつ一升飲ませるんだナ。」

「ウヘェー。井戸の水河の水を一合ずつ十種、や是《これ》あ堪《たま》りやせんネ、ふるえ上《あが》る。

そして賞は、」

「賞は些《ちと》趣向が無さ過ぎるが、負けたのと食い得なかった連中とから酒一駄《いちだ》は何様《どう》だ。」

「宜うがしょう。」

「いくら珍だからって食え無い理合《りあい》のものを持って来たものも水一升、いくら異《おつ》なものだって食える筈のものを味わわないものも水一升の罰だナ。」

「ウヘェー。段々物恐ろしくなって参りやしたナ。併し宜うがしょう。」

「じゃあ檄文《げきぶん》は足下書いて呉れさっせえ。宛名《あてな》は先ず無敵で、其次が高襟《ハイカラ》の辺見だナ。無敵は怖《こわ》かあ無《ね》えが辺見は何を持って来るか一寸怖《ちょっとおそろ》しいぜ。それから天愚と、我満《がまん》とだが、来ない奴《やつ》は人間《ひと》で無いように云って、何でも彼《か》でも顔を出させるように仕無けりゃあいけねえぜ。」

「早速《さっそく》今書きましょう、面白うがす。」

「談話《はなし》は是《これ》で決《き》まった。さあ又酒を流行《はや》らせよう。」

其二

「人面白くも無い。散々《さんざん》に引張《ひっぱ》って留めて置いて、絶妙の下物《かぶつ》を食わせると云うから何だと思やあ、方領大根《ほうれいだいこ》の風呂吹《ふろふき》を鶸味噌《ひわみそ》で食わせた位《ぐらい》の事だ。同じ事なら本《ほん》の宮重《みやしげ》にすればいいのに、あれで料理天狗も無いものだ。五十面《づら》を下《さ》げて若い妾を置きやがって、幾人《いくたり》取り替えても呼名《よびな》をお半と仕て居るところなぞは悪く世間を馬鹿にして独りで、がって居やあがる。金《かね》の有るんで異《おつ》に自由を聞かせて、年の功にいろいろな事を知って居るので、妙に高慢な変通爺《じじい》だ。いろいろ力になって貰う事があるので出入《ではい》りすりゃあ、大人々々って立てられるので好《い》いかと思いやあがって、奇妙に変な熱を吹《ふき》やがる。や、珍饌会だなんて、どんな事が出来やがるか知らん。何《なん》にしろ変物が集まるのだから可笑《おかし》いには違い無かろう。待てよ、下手《へた》にまごつくと冷水《ひやみず》一升飲ませられなきゃならないぞ。老夫《じじい》め何か巧《うま》いものを工夫《くふう》して置きやがって、みんなをぎゃふんという目に会わせようと思って居るに違いない。何でも是《これ》あ変法来《へんぽうらい》なものを工夫し無けりゃ叶《かな》わないぞ。ン、好《い》い智慧が出た、造作《ぞうさ》は無いぞ、明日《あした》曩昔《むかし》の先生のところへ年始に行く、其次手《ついで》に何か異《おつ》なものを聞き出そう。そうそれが宜《い》い、何か妙なものを聞き出して、老夫《じじい》を首《はじめ》として変通共に一ト泡吹かせて遣らなくちゃあ面白く無い。」

其三

「妙な事を伺いますが、先生、何か古い書物かなんぞに食物《しょくもつ》の奇異《ふしぎ》なものか何かございますまいか、少々調べたいことがございますのですが。」

「何を調べるのか知らんが、大分《だいぶ》近来は食物の噂をする事が流行するようじゃな。孟子《もうし》を忘れたか、忘れてはいかんよ。思うことが出来るような身になった暁《あかつき》に、おそろしい大《おおき》な膳を控えて美味《うま》いものを食おうというのは、卑《いや》しい劣《さも》しい料簡であるのじゃぞよ。」

「ハイ、それは承知致して居りますが、ちと調べたいことがあるのでございます。易牙《えきが》の事よりほかに何か古い故事なんぞはございますまいか。」

「さればさ、料理の事を可なり詳《くわ》しく、書いてある古いものは、まあ呂氏《りょし》春秋《しゅんじゅう》じゃな。」

「ヘエー、呂氏春秋。」

「そうさ、呂覧《りょらん》の孝行覧《こうこうらん》のところだと思ったっけ、たしか本味《ほんみ》という一篇があった。」

「ヘエー。食物の名なぞも挙《あが》って居りますか。」

「ああ、何《なに》の肉や何の魚が佳《よ》いというような事もあったと思ったっけ。書《ほん》を出して来て見るがよい。」

「ハイ有りがとうございます。一寸《ちょっと》それでは御書斎へ入《はい》ります。」

「さあ取っておいで。」

「これでございますか。」

「おおそれだ、それ此処《ここ》を御覧、何《なん》と書いてある。肉の美なるものは猩々《しょうじょう》の唇《くちびる》貛々《かんかん》の炙《あぶりもの》　雋燕《せんえん》の翠《すい》とあるでは無いか。」

「猩々の唇は解《わか》りましたが余《あと》は何《なん》です。」

「貛々は鳥の名と注《ちゅう》にある。多分貛々と鳴く鳥であろう、左無《さな》くば穴熊なんぞでもあろうか。雋燕は子規《ほととぎす》で、翠は鳥の「ひたれ」ともいい膩尻《あぶらじり》とも云うものじゃ。

一体鳥でも獣《けもの》でも魚でも、肉は皆其の動く部が美味《うま》いものであるから、雉《きじ》なども翠は美味《うま》いものと決まって居て、遊仙窟《ゆうせんくつ》にも御馳走のことを書いた段に、雉翠《ちすい》の二字があったようだ。」

「しめたッ。猩々の唇は兎《と》ても得られないが、猿は猩々と同類だから猿の唇が宜《い》い、雉と鶏《にわとり》とは同類だから鶏の尻こぶらを食わせて遣ろう。猿の唇に鶏《とり》の尻、ヤ、是《これ》あ恐らく珍饌だろう。」

「何だ。」

「イエ此方《こちら》の事で。もう御暇《おいとま》いたします。左様なら。」

「マア宜いわ、話して行くがよい。」

「いずれ又、左様なら。」

「どうしても帰るのか、是非が無いの。」

「ああ窮屈な先生の前をやっと脱けた。妙々、猿の唇は両国《りょうごく》のももんじい屋《や》で二三匹分《びきぶん》買って、鶏《とり》の尻も鶏屋《とりや》で好《い》い加減に買うんだ。そうして当時《いまごろ》有る奴《やつ》は彼《あれ》あ正《ほん》当《とう》の新《しん》じゃあ無いけれど先《ま》あ兎《と》も角《かく》も新で通って居る筍《たけのこ》と、独活《うど》かなんぞと一緒にして、そいつに柚子《ゆず》でも撒《ふ》りかけて甘煮《うまに》にして食わせるんだなあ。有り難いぞ。いくらあの老夫《じじい》が食物通《しょくもつつう》だって、よもや得手公《えてこう》の唇やコケコッ公《こう》の尻こぶらたあ知音《ちかづき》じゃああるめえから、愚案の甘煮を御評を願いますっていうんで出すと、彼奴《あいつ》の事だから先ず筍を新でないと論じたり、独活《うど》を凡俗だと罵ったりするだろうが、得手公の唇に至っちゃあさあ分らねえから、こりゃあ何様《どう》も異《おつ》なもんだ、流石《さすが》に猪美庵子の出品だ、なんぞと褒めやがる。そこで彼奴等《あいつら》に悉皆《すっかり》食わせて仕舞った上、実はキャッキャの唇でげして、しかも牝《めす》のでげすから柔らかでげして、御口触《おくちざわ》りも宜しゅうげしたろう、と鉄炮の火蓋《ひぶた》を切りゃあ、皆《みんな》ダアになって、何奴《どいつ》も此奴《こいつ》も眼を白黒して嫌《いや》がりゃあがるだろう。ヤ此奴《こいつ》は有り難い、面白い、そこで何故《なぜ》そんな馬鹿なものを食わせやがったと怒《おこ》って来れあ、オホン、これは食物通の仰《おおせ》とも覚えぬ、呂氏春秋に曰く、肉の美なるものは猩々の唇、貛々の炙、雋燕の翠と本文《ほんもん》を引《ひき》出《だ》して止《とど》めを刺して仕舞うんだ。何様《どん》な面《つら》を仕やがるだろう、ウップ、こりゃあ堪《たま》らねえ。ウフフフフ。ヤ其《それ》あ可《い》いが、人を詛《のろ》えば穴二つで、自分も一寸《ちょっと》でも得手公《えてこう》先生と接吻《キッス》だけにしろ仕無くっちゃあならないが、こりゃあ驚いた、敗北した、ちっとあやまるな、中位《ちゅうぐらい》だナ。ハテナ何とか智慧のありそうなものだが、ウン巧い事を考え出したぞ、鶏《とり》の砂腑《すなぎも》を似っこらしく切って上へ載せて置いて、自分は先へ一人《ひとり》でサッサと其《それ》を不残《みんな》食べるんだナ。ああ我ながら妙計々々、此奴《こいつ》あ面黒くなって来たな。大人如何《いかが》でげす得手公の唇は？、何様《どう》でげすお半の方《かた》、大人は甚《ひど》く得手公が御気に入ったそうで、なぞと嫌《いや》がらせを云って遣るなざあ好《い》い気味だなあ。しかし野獣屋《ももんじいや》へは自身出馬して掛合《かけあ》わ無きゃなるまい、得手公の面《つら》へ庖丁《ほうちょう》を当てて唇を引剝《ひんむ》くと、其の後《あと》から悪く白い歯が現《あらわ》れるなざあ、想って見ても余り好《い》い景色《けしき》じゃあ無いナ。アア何だか厭《いや》だ、いっそ会の方は逃げて仕舞って、湯治場《とうじば》へでも二三日行って居ようか知らん。イヤ左様《そう》しちゃあ一生云われるだろうから左様《そう》もなるまい。」

其四

「何《なん》だ古風な状箱《じょうばこ》に奉書半切《ほうしょはんきれ》の手紙たあ何様《どう》しても彼《あ》の老夫《じいさん》は徳川《とくがわ》カラだナ。オヤ猪美庵まで連名で厳《いかめ》しげに何を云って来たんだ。ウー、何《なん》だ、ウー、珍饌会だと、是《これ》あ好《い》いナ。だが老夫《じいさん》と猪美めで何か企《たく》んだに違い無い、うっかりすると冷水《ひやみず》を飲まされかねないぞ。何か一ツ彼等の知らないものを調理して閉口させせなけりゃあ。エエト何か好《い》い考案《かんがえ》は無いか知らん。ある！、有る！。エスカルゴ！。彼品《あれ》に限る！。蝸牛《まいまいつぶろ》の大《おおき》な奴《やつ》をバタで食うのは徳川カラは知るまい。シユヴエット（野蒜《のびる》）の刻んだのと一緒になっているのを食うなぞは古風《むかし》の人は知るまい。此方《こっち》は巴里《パリー》で食べつけて居るから驚かないが、鍾斎老人や猪美庵は食い兼ねるだろう。そこで我輩大《おおき》に仏蘭西通《フランスつう》を振り廻して、平素《ふだん》我が輩の事を冷笑して居る奴等《やつら》を笑い返して遣って、世界の眼という巴里《パリー》で行われて居るエスカルゴも食い兼ねるような、其様《そん》な薄弱な通人《つうじん》がありますかと云って遣るのだ。日本《にほん》でも上総《かずさ》や信州《しんしゅう》では食うということだが、彼等は蓋し蝸牛《まいまい》の味は知るまい、定めし気味を悪がる事だろう、そこへ付け込んで、此の蝸牛《まいまい》の滑《ぬる》りとする加減のところに、舌鼓を御打ちなさらないようでは巴里《パリー》では笑われましょう、と一ト当《あて》当付けて遣ったらば、ああ好《い》い心持だろう。権田《ごんだ》、権田！。」

「ハイ。何御用でございます。」

「汝《きさま》ナ、今日《きょう》から戸外《こがい》に出る度に注意してナ、成る可く大《おおき》な蝸牛《かたつむり》を採集して呉れ。」

「ヘー、何を採集いたしますので。」

「蝸牛《かたつむり》をさ、まいまいつぶろをさ、でんでん虫をさ。」

「かしこまりましたが、何《なん》か御研究にでもなりますのですか。」

「イイヤ食うのだ。」

「へッ？。」

「いやさ、食いたいのだから採《と》って呉れというのだよ。」

「ハアッ。」

「採ったら廂下《ひさしした》の三和土《たたき》の上かなんぞに十分湿気《しっけ》を与えて飼って置いて呉れ、十五日までは大切《だいじ》にしてナ。」

「ハイ、しかし定めし這い出しましょうと存じます。」

「汝《きさま》さえよく番をしたら宜《よか》ろう。」

「ハアッ。ハイ、承知いたしました。」

「分ったら彼方《あっち》へ行け。」

其五

「大変な馬鹿げた用を吩咐《いいつ》かったナア。自費で洋行までして遊んで来て、帰っても何《なんに》も為《せ》ずに居られるような此様《こん》な結構な身でありながら、何が不足で蝸牛《まいまいつぶろ》なんぞを主人は食べたがるのだろう。野狐《のぎつね》が憑《つ》くと油揚《あぶらげ》を欲しがるものだが、何《なん》でも是《これ》は家《うち》の主人は、西洋で変てこな物に憑かれたんだナ。それにしても蝸牛《まいまいつぶろ》を食べたがるのは何が憑いたのだろう。国が異《かわ》ると憑物《つきもの》まで異ると見えて、さっぱり何《なん》が何だか当りが付かぬ。」

其六

「コレコレ権田。」

「ア、また喚《よ》んで居る。今度は蚯蚓《めめず》でも食いたいというんじゃ無いか知らん。蚯蚓《めめず》が食べたいというのなら屹度《きっと》蛙か鮒か憑いたんだが。」

「権田、権田。」

「ハイ、何御用で。」

「汝《きさま》此の手紙と小《ちいさ》な清潔の瓶《びん》とを持ってナ、築地《つきじ》の彼《あ》の尼さんのところへ行って、」

「あの西洋人の尼さんですか。」

「左様《そう》さ、あの人のところへ行ってマンナというものを貰って来てくれ。」

「へ、マンナというのでございますか。」

「左様《そう》。」

「蚯蚓《めめず》の類《たぐい》で?。」

「何を云うんだ、そんなものじゃ無い、天から賜わった不思議のものなんだ。」

「ハアッ、天から?。」

「天からさ。」

「どうも段々怪《あや》しくなって来た。」

「何だ。」

「へエ、此方《こっち》の事で。」

其七

「何様《どう》です無敵子。鍾斎、猪美庵が凄い事を発企《ほっき》したではございませんか。」

「ナニサ天愚子、公《こう》は人が好《い》いから驚くのだが、驚くにゃあ足らないさ。高《たか》が鍾斎猪美庵じゃあ無いか。向うでも定めし妙なものを食わせて驚かせようというのだろうから、此方《こっち》でも思うさま変てこな物を持って行って驚かして遣るさ。」

「でも小生《わたくし》にゃあ是《これ》という案じもつきませんから、貴下《あなた》の御出品《おだしもの》の御振合《おふりあい》を伺って、其上で決《き》めようと思って居ります。」

「其様《そう》公のように温順《おとなし》く出られちゃあ仕方が無い。秘中の秘だけれども公だけにゃあ僕の趣向を話すとする。僕は先ず酒を一種《ひといろ》出すな。」

「ハハ、何様《どう》いう御酒《ごしゅ》で。」

「名は月桂酒《げっけいしゅ》というのだがネ、産地は上州《じょうしゅう》吾妻郡赤岩村《あずまぐんあかいわむら》という山の中で、一体は薬酒《やくしゅ》だから慰みに飲むべきものじゃ無いが、原料《たね》と味とが一寸可笑《ちちっとおか》しいから、出して驚かすつもりさ。」

「ハハ、して何が異《かわ》って居りますので。」

「実は蝮蛇《まむし》に香薬《こうやく》を加えて出来て居るので、何《なん》にも仔細は無い補薬《ほやく》だけれども、蝮蛇《まむし》じゃあ誰《だれ》も驚かないからそれに少許《ぼっちり》ばかり硫黄《いおう》の香《におい》を付けて、蚺蛇《うわばみ》の酒だと云って驚かして遣るつもりだ。」

「ハハ、成程、硫黄臭く仕て置いて蟒蛇酒《うわばみざけ》だというのは驚かしますネ。就きまして は小生《わたくし》も一つ酒を出しましょう。」

「公のは何《なん》だネ。」

「小生《わたくし》のは朝鮮《ちょうせん》のスールというので、物は珍らしくはございませんが、馬鹿々々しく酸《すっ》ぱくって味の悪いところが妙でございます。」

「ムム好《い》い好い。そういうものが無くっちあ鍾斎や辺見を対治《たいじ》するわけにゃあいかない。」

「それから茶と菓子は何様《どう》でございましょう。」

「何でもよかろう、矢張《やっぱり》朝鮮かネ。」

「イエ、茶は番茶も番茶も甚《ひど》い番茶で、実は茶でも何でも無いマイラ木《ぎ》というものの葉でございまして、飛驒《ひだ》の細江《ほそえ》という山村《やまむら》の産ですが、其辺《そのへん》を旅行した人に貰って持って居りました。矢張渋味《やはりしぶみ》のある山家《やまが》臭いものでございます。」

「好かろう。一体マイラ木たあ何だネ。」

「槭《かえで》の類だとかいう事です。」

「菓子は。」

「これは別段変なものでもございません、砂糖に青海苔《あおのり》を交《ま》ぜて衣《ころも》にかけた豆を京都《きょうと》じゃあ今に信盛豆《しんせいまめ》と申して居りますが、小生《わたくし》の出そうというのは其の本源《みなもと》ので、大根《だいこ》の葉を焙烙《ほうろく》で炒《い》って粉《こ》にしたのを塩水《しおみず》で溶《と》いて節分《せつぶん》の豆へ掛けるという質朴なものです。ただこれは慶長時分《けいちょうじぶん》信盛庵《しんせいあん》で毎年《まいとし》新年に配ったものだという、其の新年というところだけをキッカケにして出そうというのですが何様《どう》でしょう。」

「誰《だれ》も吃驚《びっくり》はしまいが、左様《そう》いう無難のものも全《まる》で無くっちゃあ困る。出したまえ出したまえ。しかし公も若手じゃあ通って居る画家じゃあ無いか、もちっと恐ろしいものを出さなくっちゃ冷水《ひやみず》を呑ませられそうだぜ。」

「どうも小生《わたくし》は気が弱くて、自分で食べられませんようなものは出せませんから。ですがまだ他《ほか》にも出品《だしもの》を致しますつもりで、漬物《つけもの》には矢瀬《やせ》の柴漬《しばづけ》と申して、柴樹《しばき》の木《こ》の葉《は》やなぞと一緒に漬け込みましたものを出します。」

「そりゃあ名も雅《が》で、物も一寸《ちょっと》詩趣があって面白いネ。公の出し品《だしもの》には相当して居る。僕も漬物を出すが、僕は蝦夷一点張《いってんばり》だというんで、僕の事を鍾斎なんぞが何《なん》とか彼《か》とか冷笑《あざわら》うということだから、意地になって蝦夷地の鯡漬《にしんづけ》を出してやる。何が彼《あ》の脂《あぶら》の強い臭《くさみ》の高い鯡と一緒に大根《だいこ》なぞを漬けたのだから、慣れない奴《やつ》は到底《とても》胸が悪くなって食えや仕ないのさ。鍾斎めを其《それ》で甚《ひど》く悩まして遣るつもりで、其ばかりじゃあ無い、汁を一ト種《いろ》出して又弱らせるのさ。汁は三平《さんぺい》という奴《やつ》で、魚《さかな》を塩《しお》糠《ぬか》に漬けたのを其儘沸湯《にえゆ》へ抛《ほう》り込むんだから、是《これ》また蛮気甚《はなはだ》しいもので、大抵な食通も閉口さ。」

「そりゃあ小生《わたくし》が第一に閉口します。」

「公は其他《そのほか》にゃあもう無しか。」

「イエ、まだ美濃の恵那郡《えなごおり》あたりで出来ます鶫《つぐみ》うるかというのを出します。これは鶫の腸《わた》を塩でなれさしたものでネ。」

「鶫の塩辛《しおから》か、そりゃあ些《ちと》怖ろしそうなものだネ。」

「それから小生《わたくし》の出品《だしもの》の中《うち》の魁首《おしょく》としては、刺身《さしみ》を出そうというのですが、食べかねるものは出しません、刺身はいずれも家鶏《にわとり》の肉を使おうというのでして、ただプリモスロックの胸肉《ささみ》と本黒《ほんくろ》の烏骨鶏《うこっけい》の胸肉《ささみ》とを作り分《わけ》にして、何《なん》が何の鳥だということを食通先生方《がた》に鑑定をして頂こうというところが謀反気《むほんぎ》です。」

「ム、中々公も温順《おとなし》いけれども異《おつ》に捻《ひね》るネ。こりゃあ鍾斎や猪美庵もギュウと詰まりそうなことだ。僕にだけ内々《ないない》で教えて呉れたまえ、どんなのがプリモスロックだエ。」

「ハハハ、聞いて置《おい》て御威張《おいば》りなさろうというなあ御人《おひと》が御悪うございますな。プリモスは洋鶏中肉味の第一の鶏《とり》で、肉は甚だ清らに美麗ですし、烏骨鶏は白や桜は然様《そう》でもありませんが、本《ほん》の黒絹《くろい》毛のは肉の色もただの鶏《とり》とは異《ちが》いますから直《すぐ》知れますし、特別に滋養に富んで居るという俗説があるので高価の鶏《とり》ですから、其処《そこ》を一ツ高慢を云って頂きたいので。」

「宜しい、ほかの奴等《やつら》がマゴマゴして居るところで、僕が大《おおき》に鶏肉通《とりつう》を振廻《ふりまわ》して降参させてやろう。」

「そこで其の刺身にただの物を取合わせても詰《つま》りませんから、能登《のと》の宇出津《うせつ》から出る鱶《ふか》の鰭《ひれ》の貰ったのがありますから、其の筋を抜いて、少許《ぽっちり》ばかり添えようと思います。其の鰭の筋の糸のような、蚯蚓《みみず》のような、金色のと銀色のとありますが、別の品に見せて実は一ツで、白湯《さゆ》を注《か》ければ銀色になり、茶を澆《か》ければ金色になるところが秘伝でございます。食通先生等《たち》も支那《しな》料理で魚翅《ぎょし》といって用いるものですから品《もの》は知っては居られるでしょうが、悪くすると金銀糸《きんぎんし》の色の出る所以《わけ》は御承知あるまいとおもいます。」

「成程、公は流石《さすが》に黙々虫《だんまりむし》で壁を通す方だ。温順《おとなしく》て居て深くたくらむな。」

「然様《そう》いたしまして天草《あまくさ》の鶏冠海藻《とさかのり》を付けるのは何様《どう》でございます。」

「ハハハ、ン成程、鶏《とり》のさし味に、蚯蚓《みみず》のような金銀糸というもの、そこへ鶏冠海《とさかの》苔《り》なぞは驚いた御悪戯《おふざけ》だネ。面白い面白い。」

其八

「何《なん》ですよ貴郎《あなた》、また今日《きょう》も図書館へいらっしゃるのですか。そりゃあ悪いところへ御出《おいで》になるのじゃあ有りませんから何も申すのじゃあ有りませんが、新年の事ですから珍らしい方《かた》もお来臨《いで》になるのに、貴下《あなた》が御不在《おるす》じゃあ御気の毒でなりませんよ。親類内《うち》や何《なん》ぞは何様《どう》でも好《い》いとしたところで、詩の御話や何ぞを為《な》さろうと思って御来駕《おいで》の方《かた》や何《なん》かにゃあ、いくら叮嚀に妾《わたし》が御挨拶を仕たって全然無益《まるでむだ》な事ですし、皆さんが不満足なような顔色《かおいろ》を仕て御帰りですから、せめて少許《すこし》は家《うち》に在《い》らっしゃって下さいましな。図書館へ行らっしゃらなくったって家《うち》にも沢山書籍《ほん》はあるじゃあございませんか。」

「なに乃公《おれ》だって図書館へ行きたい事は無いのだがノ、乃公《おれ》も豪条我満堂主人《ごうじょうがまんどうしゅじん》だ、何か一ツ恐ろしい工夫《くふう》を仕て鍾斎猪美庵の輩《やから》をして顔色《がんしょく》無からしめようと思って居るのだ。下《くだ》らない書《ほん》を読んで変な事を探して居るのだ。これも畢竟《つまり》は汝《きさま》が料理に暗いから起った事だ。そもそも女は、」

「中饋《ちゅうき》と云って何様《どう》とか斯様《こう》とか仰《おっし》あるのでしょう。宜《よ》うござんすよ御講釈なんぞは。それじゃあ彼《あ》の珍饌会の御話のために、今日《きょう》で三日《みっか》というもの図書館へ御出《おい》でになるのですか。」

「然様《そう》さ。マサカ我満堂とも云われる乃公《おれ》が、下《くだ》らない食品《くいもの》も出せないから、一同《みんな》をぎゃふんと云わせるようなものを出そうというので、それで図書館に調べに行って居るのだ。それも随園《ずいえん》や眉公《びこう》や笠翁《りつおう》なんぞという野郎の料理通じゃあ可笑《おかし》くないから、何か変なものがあればと思って探すと、図書館にも根っから書《ほん》は有りゃ仕ない。飲膳正要《いんぜんせいよう》、易牙遺意《えきがいい》、妙饌集《みょうせんしゅう》、饌史《せんし》、続遺意《ぞくいい》、飲食須知《いんしょくすち》なんぞというものは名は知って居るが、書《ほん》は見やしない。」

「あなた妾《わたくし》にそんな不足らしい顔をなすって書《ほん》の談《はなし》を仕掛けたって仕ようがありま

せん。それにしても馬鹿げて居ますネ、珍饌会だなんて。あの鍾斎さんなんていう方《かた》は、途方《とほう》も無い方なんですもの。いつかも御出臨《おいで》になって御酒《ごしゅ》をあがった時、妾《わたし》が精進揚《しょうじんあげ》を仕てあげましたが、蓮根《はす》や胡蘿蔔《にんじん》を出そうものなら俗だ俗だと御罵《おくさ》しなさるに定《きま》って居ますから、話にばかり聞いて居た虎耳草《ゆきのした》の天麩羅《てんぷら》を製《こしら》えて上げましたよ。左様《そう》すると何様《どう》でしょう其《それ》を召上って、これは虎耳草《ゆきのした》ですナ、甚だ妙です、流石《さすが》に御令閨は茶気《ちゃき》が御有んなさる、と変に沈着《おちつ》いて澄まして褒めるんですもの。それから余《あんま》り憎らしいので、雪隠《ちょうずば》の傍《そば》に生えて居た橐吾《つわぶき》の茎の天麩羅をこしらえて黙って食べさせたら、妙な顔つきを仕て我慢して食べながら、何様《どう》も御令閨の博通には敬服いたしました、此品《これ》は流石《さすが》の愚老にも分りかねますが、蓋し雅品の尤《ゆう》なるもので、此の苦渋のところが何とも云えません、一体これは何というものです、後学のためにうかがい度い、と褒めて居ると、貴郎《あなた》がまた知らないと云うのが口惜《くや》しいものだから、大人の御褒《おほめ》に預って甚だ満足で、これは台湾産《たいわんさん》のアンヤンシーという野菜でございます、と変痴奇《へんちき》な顔を仕ながら挨拶して在《い》らしった其の時の様子ったら有りゃ仕ませんでした。妾《わたし》は台所《だいどこ》の方から覗いて見て一人《ひとり》で涙をこぼして笑って居ましたヨ。あんな馬鹿気《ばかげ》た人達が骨を折って変なものを持寄る会なんぞへは、生命《いのち》が惜しい中《うち》は御出《おで》なさらない方が宜うござんすよ。強《たっ》て御出席《おいで》なさるなら五千円取り位《どぐらい》の生命保険を付けてからになさい。そうしてお馬の遺し物《おとし》の天麩羅でも持っていらっしゃるが宜うございましょうよ。左様《そう》すりゃあ貴下《あなた》が死んでも妾《わたし》は困りませんから。」

「此奴《こいつ》、人を俗了《ぞくりょう》する。甚しい悪語を放つ奴《やつ》だ。しかも彼日《あの》は幾何《いくら》紀《ただ》しても云わなかったが、今の白状で聞いて見りゃあ良人に槖吾《ていしゅ》《つわぶき》の天麩羅を食わせやがったノ。」

「だって貴下《あなた》が口癖のように、下《くだ》らないものばかり食わせる、智恵の無い奴《やつ》だ、何か工夫《くふう》をしろ工夫をしろ、歌客《うたよみ》は毎日々々新しい歌を詠《よ》む、乃公《おれ》は毎日々々五古《ごこ》や七律《しちりつ》の四篇五篇は屹度《きっと》作る、それだに女性《おんな》たるものが、何時《いつ》も何時も同じもの《おんな》ばかり人に食わせて居て済むと思うか、まごまごすると流行《はやり》ものの「食心坊」の背後《うしろ》に三行半《みくだりはん》を書いて横っ面《つら》へたたき付けて遣るぞ、と妾《わたしおっし》に仰《おっし》ゃるから、一生懸命に工夫して新手《しんて》を出したのですワネ。」

「馬鹿ッ、いくら新手だと云って槖吾《つわぶき》を食わせるという事があるものか。そんな平仄《ひょうそく》も韵《いん》も構わ無いような事をされて堪《たま》るものかコラ。」

「だって珍饌会なんかは猶の事、韵も平仄も無茶でしょうヨ、わざわざ危《あぶな》いものを食べっ競《くら》するんじゃありませんか。」

「ハハハ、こりゃあ違無い。じゃあ嶮韵《けんいん》カナ。ハハハ。何でも可《い》い、行って来る。」

「ア、とうとう出ていらしったよ。ほんとに心配でなりやしない、彼《あ》の勢《いきおい》で変てこな本の中から変なものを見つけようというんだもの、何様《どん》なものを人様に食べさせようという事になるか知れやしない。良人《うちのひと》が左様《そう》だから人様も左様だろう。定めし橐吾《つわぶき》のような理屈のものばかり出る事だろう。ああ恐ろしい、怖ろしい。」

其九

「権田、権田。」

「ハイ、何でございます。」

「何様《どう》だ、蝸牛《まいまいつぶろ》は余程採集出来たか、今日《きょう》は十五日で其《それ》が要《い》る日だが。」

「ヘッ。ハイ。」

「ハイではいかん、何様《どう》したのだ。」

「実は一生懸命に採集は致しましたが、晴天つづきなので、中々見つかりません。

それがため大《おおき》に苦心いたしました。」

「フン。」

「藪陰の湿地だの、塵捨場《ちりすてば》のようなところだのを注意致しまして、落葉《おちば》の腐りかかったのや木片藁屑《きぎれわらくず》などの朽《くち》かかりを掻き除《の》けたり致して探して居りますと、朝報《ちょうほう》社《しゃ》の債券でも取ろうと仕て居るのかと思いまして、ヤアあの欲張《よくばり》の顔を見ろやい、左様《そう》巧く掘り出せるものかいッ、と小児《こども》が囃《はや》すので実に弱りました。蝸牛《まいまいつぶろ》を捜して行《ある》いて居て、慾張り書生だというんで往来の人に顔を見られるのは実に心外でした。」

「こりゃどうも些《ちっと》気の毒だったナ。しかし日数《ひかず》も有った事だから大分《だいぶ》採ったろうナ。」

「ハイ。採る事は随分捕《と》りましたが、仰《おっし》ゃった通りに湿気《しっけ》を与《や》りますと、中々威勢《いきおい》が出るものでございまして、何時の間《いつのま》にか何処《どこ》かへ逃亡して仕舞いますので、折角捕りました大《おおき》な奴《やつ》は七八分通《ぶどお》りは逃げました。そこで湿気を与えずに置く事に致しましたら、また今度は乾《かわ》いて枯《から》びて仕舞ったのが多うございます。」

「困るナ。では大《おおき》な奴《やつ》は幾個位《いくつぐらい》ある。」

「一寸以上の殻の奴《やつ》はやっと五六個しか御座いません。」

「仕方が無いナ、それんばかりでは。コレ汝《きさま》も堂々たる大丈夫《だいじょうぶ》では無いか、その大丈夫たるものが十数日を費《ついや》して蝸牛《まいまいつぶろ》を捕《と》るのに、たった五六個しか捕れんとは何事だ。意気地《いくじ》無しめ。」

「ハイ。」

「ハイでは無い、今になって蝸牛《まいまい》が無くっては此の辺見の男が立たん。」

「ハアッ。蝸牛《まいまいつぶろ》が無くっては男児《おとこ》が御立ちになりませんか。」

「立たんわ、立たんわ、男児《おとこ》が立たんわ。手ぶらで出掛けては高襟《ハイカラ》を以て鳴って居る此の辺見の顔が潰《つぶ》れるわ。高襟男《ハイカラおとこ》が棄《す》たって仕舞うわ。」

「ヘッ。蝸牛《まいまいつぶろ》が無くっては高襟《ハイカラ》男が棄《す》たりまするか。」

「如何《いか》にも廃《す》たるナ。」

「左様《そう》いう訳でございますなら一生懸命になりまして、是非とも後刻《のちほど》までには三四十個は差出しましょう。」

「頼む頼む。是非探して呉れ。」

其十

「ああ落胆《がっかり》した、何様《どう》も見つからない。仕方が無い、無いものは無いというばかりだ。考えて見りゃあ馬鹿々々しい。蝸牛《まいまいつぶろ》が無くったって有ったって男が上《あが》ったり下《さが》ったりする道理も無い、好《い》い加減に仕て置こう。下《くだ》らない。帰ろう帰ろう。」

「おお待って居た。何様《どう》した蝸牛《まいまいつぶろ》は。」

「何様《どう》もございません、たった一個《ひとつ》捕って参りました。」

「たった一個《ひとつ》だと、そりゃあいかんナ。馬鹿ッ、何故《なぜ》そんな意気地《いくじ》の無い事をいうのだ。困るでは無いか、分らないナ、蝸牛《まいまい》が無ければ男が棄《すた》るというのに。」

「何様《どう》もございませんから是非が有りません。何卒《どうぞ》男をお棄て下さいますように。」

「馬鹿ッ。何をいう、痴漢《たわけ》め。今日《きょう》珍奇な食物《しょくもつ》を持寄る会合がある、其《それ》会に持出《もちだ》して一同《みんな》に食わせて遣ろうというのだから、是非とも無くてはいかん。探せ探せ。」

「困りますな、死んで乾枯《ひから》びたのなら三四十もございますが、あれでは御間《おま》にあいませんか。」

「いかん、生きて居るので無ければ。」

「とても、もう見つかりません。」

「是非見つけろ。見つけて来ないと洋杖《ステッキ》だぞ。」

「逃げます小生《わたくし》は。御暇《おいとま》をいただきます。」

「憎い奴《やつ》だ、主人の命を用いないで勝手に逃げ去るなら、給金の前貸《まえがし》を今弁償しろ。」

「アア困りましたナア、探します、探します。」

「是非探して来い。待って居るぞ。」

其十一

「是非が無い、これだけ探しても又たった一個《ひとつ》だ。仕方が無い、謝罪《あやま》っても承知されなければ何様《どう》でもしろ。ヘイ只今帰りました。」

「有ったか。」

「ございません。小生《わたくし》も出来るだけは探しましたが見つかりませんから、尋常な御処置を受ける覚悟を致しました。」

「仕様が無いナ、我輩は泣きたくなるぞ。」

「小生《わたくし》も泣きたくなります。」

「ほんとに泣かされるナ。」

「ほんとに泣かされます。」

「アアアッ。」

「アアアッ。」

「困ったナア、今さら新規《しんき》に工夫《くふう》も無し、何《なん》とか智慧はあるまいかナ。」

「何様《どう》でございましょう、蝸牛《まいまい》の代りに蛞蝓《なめくじ》では。」

「蛞蝓《なめくじ》?。」

「ハイ。」

「蛞蝓《なめくじ》は我輩も食べた事は無いが、蛞蝓《なめくじ》ならば沢山《たんと》あるのかナ。」

「蛞蝓《なめくじ》ならば裏に棄ててある明樽《あきだる》の底に三四十も聚《かたま》って居るのを見つけて置きました。」

「蛞蝓《なめくじ》と蝸牛《まいまい》とは、」

「従兄弟《いとこ》同士で、」

「馬鹿を云え。食う段になっては大変な相違だ。蛞蝓《なめくじ》の方は消化が悪そうだナ。」

「しかし高《たか》が野ぶせりと大名《だいみょう》との違《ちがい》で、家《うち》の無い奴《やつ》は皮《こわ》が硬い位《ぐらい》のものでしょう。」

「でも、どう考えても蛞蝓《なめくじ》にバタを付けたのじゃ食えんからナ。」

「アア好《い》い事を考えつきました。貴下《あなた》は真正《ほんと》の蝸牛《でむし》を召上って他《ほか》の方《かた》に蛞蝓《なめくじ》を御廻しなすったら何様《どう》です。」

「アア是《これ》は好《い》い、智慧者《ちえしゃ》、智慧者。他《ほか》の奴《やつ》には蛞蝓《なめくじ》の方が却て面白い。乾枯《ひから》びたのが有るこそ幸いだ、其の殻さえ見せりゃあ、料理人が不熟《ふなれ》で殻と離れたのだと云って胡麻《ごま》かしても済む事だ。では先ず活《い》きたのを茹《う》でて栄螺《さざい》を扱うように腸《わた》などを去って置いて呉れ。野蒜《のびる》の繊塵《こまごま》にしたのと一緒にまた殻へ詰めて、バタを殻の口のところへ塗って、正当《ほんとう》の分は我輩が食うのだから注意して調理しろ。それから蛞蝓《なめくじ》の方は好《い》い加減に煮散《にちら》かして、乾枯《ひから》びた蝸牛《まいまい》の殻とごちゃまぜにしろ。野蒜とバタとを適宜に塗《まぶ》してナ。」

「かしこまりました。」

「やっと安心した。アア嬉しい、鍾斎我満堂等に蛞蝓《なめくじ》を食わせるのは有り難い。」

其十二

鍾斎「天愚先生の御出品で、先ず座着《ざつき》の御菓子と御茶とは済みましたが、乃公《わし》がマイラ茶と指したところなどは何様《どう》でございます。」
天愚「何様《どう》も鍾斎大人の御鑑定には恐れ入りましたわい。」
猪美庵「此の妙に臭い変に渋い、加之《しかも》茶のようで無いところが脱俗して居て異《おつ》でげす。」
無敵「信盛豆は質朴古風で最も佳でした。美味《うま》く無いところが面白いです。」
我満「左様《そう》だ。食品《くいもの》は何でも美味《うま》いようじゃ論ずるに足らんノ。」
猪「さて無敵先生御出品の名酒でげすテ。」
辺見「普通の酒のようで薄曇《うすぐもり》に濁り気味《ぎみ》の少しあるところが妙ですナ。アッ変に酸味《すみ》があって硫黄臭い。」
鍾「フフム、成程硫黄臭いが、酒に硫黄の入《はい》る筈は無し、植物に硫黄気は無し、すべて動物は乾《かわ》いた皮と皮とを擦《こす》れば硫黄臭が発する、それにまた腥《なまぐさ》い気が極《ごく》少し有って、味は一種の滋味《だし》を含んで居る。そこから推《お》すと蓋し此《これ》は蛇酒《へびざけ》の類だが、硫黄臭いから蚺蛇酒《うわばみざけ》でもありましょうか。」

猪「産地は何処《どこ》でしょう大人。」

鍾「九州《きゅうしゅう》で無いことは焼酎《しょうちゅう》を台《だい》にして居ないので察せられます。蛇は草深く地暖《あたたか》に水あるところに多いものですから、先ず野州《やしゅう》上州、出羽《でわ》の内の温泉地などと考えますナ。」

猪「ナ、なる、なる。我満堂先生の御考《おかんがえ》は。」

我「鍾斎大人と同辺《どうへん》の考《かんがえ》ですノ。但し上州吾妻に有名な蛇酒の有る事を聞き及んだが、硫黄臭いとは聞かんかったノ。」

無「恐れ入りました。御鑑定通り、産地まで御指《おさし》の通りでございますが、ただ此《これ》は普通《なみ》の月桂酒と申すのでございませんで、全く非常な蚺蛇《うわばみ》をもって製しましたので。」

鍾「イヤ実に珍物貴《たっと》ぶべしでごす。」

辺「いよいよ蚺蛇《うわばみ》の酒ですか、アッ、ゲッ、グッ。」

無「ハハハ辺見君、如何《いかが》でございます今一盞《いっさん》。」
我「マサカ蟒蛇《うわばみ》を怖れもなさるまいノ。此の酸《す》い臭いところが何とも云えん。」
無「左様々々、酒は酸《す》く無いようじゃあ凡品でございますナ。」
辺「ゲッ、グッ、畜生《ちきしょう》今に見ろ。」
猪「何でげすかネ。」
辺「此方《こっち》の事です。」
猪「嘗物一二箸《なめものいちにちょ》ほどずつ、天愚先生の御出品で。これは小生《わたくし》は美濃の鶫うるかと味いました。」
鍾「如何《いか》にも其の通り。これを珍饌会へは、天愚先生乃公《わし》どもを甘く御覧になり過ぎたようですナ。併し辺見さんなどは御気に入りでございましょう。」
辺「失礼ながら余り珍らしくも存じません。」
天「いや一言《いちごん》もございません。猪美庵君、続いて小生《わたくし》のを御出し下さい。」
猪「刺身でげすナ。ハハア鶏《とり》でげす。」
我「大金張《だいきんばり》は天愚子にも似合わん。」
天「鶏《とり》には相違ございませんが詳《よ》く御吟味を。」

無「成程、これは皆さん如何《いかが》御味わいで。」
鍾、猪、我「ムー。」
辺「此の美しい肉はプリモスロックの胸肉《ささみ》と承知しました。」
猪「これは鶏冠海苔《とさかのり》。」
我「これは支那料理に使う鱶の鰭《ひれ》の筋で。」
鍾「そんな事は知れきって居ますな、此《これ》は金銀糸《きんぎんし》と云って茶を注《か》けたのが金色になるのです。ただ此の色のおかしい肉が分りません。」
無「これは真《しん》の黒《くろ》の烏骨鶏で、これを鍾斎大人の御存知無《ごぞんじな》かったのは日月も蝕《しょく》ありでございましたナ。」
鍾「恐れ入りました。天愚先生に一本頂戴致した。罰杯《ばっぱい》を辞しません。」
猪「天愚先生の御出品を今度は進じましょう。」
鍾「ハハア、此酒《これ》は賢人で、オオ身顫《みぶるい》の出るほど酸《す》い。成程無敵子が酒は酸く無いようじゃあ凡品だと仰《おっし》あったが、酸い酒だ、凡品で無い。しかし天愚子、此酒《これ》は感服しませんナ、朝鮮のスールで。」
天「これは御明察、恐縮々々。蚺蛇酒《うわばみざけ》を罰せられましょう。」

無「汁が熱くなりましたらば何様《どう》か。」
猪「今順々に上げます、無敵先生の汁で。」
鍾「ム、臭い。三平汁ですナ。」
我「臭いノ無敵子、食えんじゃ無いか此様《こん》なもの。」
辺「驚きましたナ、臭いものですナ。」
無「ヤ我満堂先生、食えんものは差上げません。御風味をなさらないのは御自由ですが、約束通り冷水《ひやみず》一升を御飲みになって酒一駄を御出しになるのは御承知でしょうネ。」
我「イヤ今のは麁忽《そこつ》々々、臭くは無い、好《い》い香《におい》で。沢庵の糠と鰮《うるめ》の生焼《なまやけ》とを食うと思やあ論は無いもので。ウン、ウーン、ハア、フッ、フッ。」
辺「沢庵の臭《におい》ばかりなら好《い》いですが、遠方《とおく》には腸樽《わただる》のような臭《におい》が仕ますナ。」
無「イイエ、そんな悪い臭《におい》は致しません、此汁《これ》が召上られんようでは食通とは。」
猪、鍾、天「然様《さよう》、食通とは中々申されません。フッ、フッ、フッ、臭いから吹くのではありません、熱いから吹くので。フッフッフッ。」
無「ハハハ辺見君は目を瞑《ふさ》いで御食《おあが》りですナ。」

辺「猪美庵君大急ぎで其のスールを下さい、アア酸《すっ》ぱい、顫え上る。」

猪「無敵先生甚だ結構でげした。御覧なさい皆様《さん》が泣きながら召上りましたぜ。感涙をポロポロ流して召上ったのでげす。」

無「僕の出品の汁が是程《これほど》皆様《さん》の御意《ぎょい》に入ったかと思うと実に本懐です。」

辺「猪美庵君、御願《おねがい》ですから僕のを早く出して下さい。」

猪「イヤもう如是《こう》なっちゃあ早く自分のを出して他《ひと》をいきつかせなけりゃあ。」

辺「エ、何ですって。」

猪「マア御待《おまち》なさい、今度は猪美庵のを出しやす。さて拙《せつ》のは甘煮物《うまにもの》でげす。見体《けんたい》が宜しゅうございませんから御疑いもありましょうから、先ず自ら此の通り鬼役《おにやく》を致します。」

天「大層一時《いちどき》に御頬張《おほおば》りですナ。」

猪「ムニャ、ムニャ、ムニャ。此の通り鬼役を致しましてございやす、何様《どう》か何分御評《ごひょう》を願いやす。」

無「妙に猪美庵先生御澄ましですナ。」

鍾「筍は新と云っても是《これ》は去年既に根の末へ出た奴《やつ》で論になりませんし、独活《うど》も凡々云うに足らずですナ。」
我「此の鳥の皮のようなものに見えますのは。」
鍾「矢張り鳥には相違ありませんナ。」
猪「敬服いたしました、御鑑定通りで。」
天、辺、無「此のもう一つのものが分りません。」
我、鍾「ハテナ。」
猪「如何《いかが》です。」
我「分らんノ、全く珍だ。」
鍾「ハテナ。」
一同「全く珍だ、分りません。」
鍾「ハテナ。」
一同「大人にさえ分りませんか。」
鍾「ハテナ。エエト、ああだに依って此様《こう》で、此様《こう》だによって彼様《ああ》かナ、ハテナ。」
猪「兎《と》に角《かく》皆さん宜しゅうございましたか。」
一同「美味《うま》かったが分りません、何ですナ猪美庵さん。」

鍾「とうとう猪美庵子にあやまらせられた。分らない、冑《かぶと》を脱いだ。」
猪「そんなら申しますが彼品《あれ》は実は、」
一同「彼品《あれ》は、」
猪「鶏《とり》の尻の尖処《とんがり》と、」
一同「も一つのは、」
猪「猿の唇で、得手《えて》先生の唇でげすよ。」
一同「エーッ。何ッ、猿の唇だって。こりゃあ堪《たま》らない。汚《きたな》い汚い。ペッペッ。」
辺「そんな馬鹿なものを食べさせる理屈がありますか。ベッベッ。」
猪「胸倉《むなぐら》を取っちゃあ困りやすナ。苦《くるし》ゅうげすよ。泣きながらこづいちゃあ困りやすナ。我満堂先生、唾液《つばき》をひっかけるなあ甚《ひど》うござりやす。」
鍾「然し猪美庵子が余り酷《ひど》いものを食わせるから悪い。」
猪「これは怪《け》しからん、そんな事を仰《おっし》あるとは何事でげす。苟《いやし》くも珍饌会でも開こうという先生方じゃありやせんか。猪美庵拠《よりどころ》の無い無茶な事は決して致しやせん。先生方に御承知が無いとは云わせやせん、呂氏春秋の本味の段に、何とござんいやす。オホン、それ肉の美なるものは猩々《しょうじょう》の唇、貛々《かんかん》の炙《あぶりもの》、雋燕の翠とあるじゃあげえせんか。」
鍾、天、無「ムム、はは、結構です、珍です。」
我「もう宜《い》い、もう宜い、分った、分った。諸君仕方が無い、猪美庵に計《や》られた。」
辺「アア仕方がない。それは諦めるとして、さあ、今度は我輩の出品だ。我輩の出品は蝸牛《まいまいつぶろ》です。さあ猪美庵君召上って下さい。」
猪「何でげすって、蝸牛《まいまい》でげすって。」
辺「さあさあ猪美庵君、是非召上って下さい。我輩は君のように暗撃《やみうち》は致しません、明らかに申して置きます蝸牛《まいまいつぶろ》です。」
猪「左様《そう》急《せ》き込《こ》んで野暮《やぼ》に御責めになっちゃあ困りやす。食ってかかるという事あ聞きやしたが、食わせにかかるというなあ初《はじめ》て聞きやしたナ。いくら珍饌会でも蝸牛《まいまいつぶろ》は甚《ひど》うげすナ。小人国の雛祭じゃあ有るめえし、栄螺《さざい》に似て非なるものなざあ食えねえだろうじゃげえせんか。」
辺「食えんものを出すような無法は致しません。此の通りソレ食べて御覧に入れます。これを御存じ無いとは云わせません、猿の唇まで召上る貴下《あなた》じゃあ有りませんか。苟《いやし》くも巴里《パリー》に遊んだものの食わぬことは無い筈のエスカルゴです。ソレ又食べて御覧に入れます。アッ、グッグッ。（小声独語）失敗《しま》った、従兄弟《いとこ》の方を慌てて食った。」

猪「何様《どう》かなすったか、御苦しそうですナ。」

辺「ナアニ。ゲッ、グッ、グッ。」

猪「涙を墜《こぼ》して其《そ》様な顔をなすって召上るのは。」

辺「ナアニ。ゲッ、グッ、それ何でもありません。余り久し振《ぶり》で食べて美味《うま》かったので思わず悦《よろこ》び涙――嬉し涙が出たのです。此のシュヴエットの香気《におい》とバタの味とがエスカルゴの固有の味に働く工合《ぐあい》は何とも云えません。調理人《ちょうりにん》が不熟《ふなれ》で大分《ぶ》殻と離れたのがありますが、召上り慣れない方《かた》には却って殻を目近くなさらんが可《よ》いでしょう。さあ是非召上れ召上れ。」

猪「でも蝸牛《まいまいつぶろ》をバタで食うなあ凄うげすネ。これが食える位なら正真《しょうじん》山男と名乗って浅草《あさくさ》の奥山《おくやま》で好《い》い銭《ぜに》を取りやす。」

辺「いやそんな野蛮な沙汰じゃ有りません、文明的紳士の食べるもので。」

無「ハイカラという語《ことば》は、此の料理の肉《み》だけを食って殻を棄《パイ》するところから出たので、語原《エチモロジカル》上に云えば、ハイカラは即ちパイカラの転訛《てんか》でございますかネ。アア凄い。」

我「ナニ凄い事も何もあるものかノ。辺見君が現在食べたでは無いか、どれ乃公《おれ》も食おう。猪美庵子も食《や》りたまえ。グシャリ、ムウムムッ。これはッ、ムムムッ。」

鍾「猪美庵子にも似合わない、此の噂に聞及んだ蝸牛《エスカルゴ》という珍料理を食いかねるなんぞとは。ドレ、ドレ、グシャリ。ウウッ、是れは。ウウッ、ゲッゲエッ。ン、ウーン。ああ珍中の珍だ、頗《すこ》ぶる妙です。イヤ流石《さすが》は辺見先生の御出品で、鍾斎七十五日生延《いきの》びましたナ。サア猪美庵子食《や》りなせえ。」

無「僕も食《や》ります。」

天「小生《わたくし》も食《や》りましょう。何でも我輩《われわれ》美術仲間でも和田《わだ》君久保田《くぼた》君なぞはエスカルゴ通で、これにも葡萄圃《ぶどうばたけ》の出《で》と無花果園《いちじゅくばたけ》の産《で》とは那方《どっち》が佳《い》いというような研究があるそうです。」

鍾「左様々々、長田《おさだ》君とやらが、たしか此《これ》の大通《だいつう》だとかいうことを聞いて居りました。」

辺「天愚君の御説の通りですから、葡萄の葉の形の皿に載せて、月の雫《しずく》を日本式的に置き合わせました。」
鍾「細《こまか》い細い、敬服々々。」
無、天「さあ猪美庵君も召上れ。我輩《われわれ》も食《や》ります。グシャリ、ウウッ、グッ、グッ、ハアッ、是《これ》は何様《どう》も、何様《どう》も是は。」
辺「猪美庵君いかがです、冷水《ひやみず》でございますか。」
猪「アア情無い、仕方が無い、喫《や》りやす。（小声）南無《なむ》象頭山《ぞうずさん》金毘羅《こんぴら》大権現《だいごんげん》成田山《なりたさん》不動明王《ふどうみょうおう》。グシャリ、アア此奴《こいつ》あ、ああ、ん、ああ。」
我「何様《どう》だ、美味《うま》いだろう猪美庵。しかし左様《そう》涎《よだれ》をたらたら垂《たら》しては汚《きたな》いノ、牛みたようだノ。」
無「兎にある病気ですナ。」
辺、天、鍾、我「ハハハハハハ。」
猪「ああ驚いた死ぬかと思った。実に珍妙でげす。不思議でげす。」
辺「まだ一種《ひといろ》我輩の出品の、酒類では無い飲料《のみもの》を差し上げます。」
天「何でございます、其の水の入《はい》って居ります罎《びん》の中に見えて居りますのは。頓《とん》とハララゴの粒々《つぶつぶ》が解《ほご》れたような、鰊鯑《かずのこ》の古びたような厭《いや》な色合《いろあい》のものは。」

無「植物か動物か麴《こうじ》のようなものか、正体《しょうたい》の知れない不気味《ぶ》なものですな。」
辺「これは、」
鍾「皆さん此品《これ》を御存じないの、ああ御若いナ。辺見先生、それはマンナでございましょうナ。」
辺「如何《いか》にも其品《それ》です。これに黒砂糖を点《おと》すと小《ちいさ》な気泡《きほう》が立って、水は宛然《ちょうど》ラムネに似たような飲料《のみもの》になります。ただ此《これ》は水を飲むので此品《これ》を飲まないのでして、此品《これ》は水へさえ入れて置けば段々に繁殖して、尽きる時の無いのが一つの不思議です。」
鍾「神様が以色列人《イスレエルじん》に賚《たま》わったものだけの事はありますナ。小梅《こうめ》に居た瑞典人《スエーデンじん》から段々伝わったそうで、露伴《ろはん》という人のところで飲んだ事がありました。サア頂戴します。これは妙です。」
無、天、我「成程これは妙なものですな。サア猪美庵君いかがです。」
猪「段々凄《ものすご》くなって参りましたナ。オット少量《すこし》で沢山です。成程妙ですナ。」
鍾「今度は我満堂先生ですが、定めし奇物で。」
我「いや家内《かない》の者に持参致すようにと申しつけ置きましたが、まだ参りません。何《ど》様《う》か大人のを。」
天、無、辺「イヨ鍾斎大人の御出品、刮目《かつもく》して拝見いたします。」
猪「何だか怖《こわ》くなって来て胴顫《どうぶるい》がする。」
鍾「乃公《わし》は最後の心算《つもり》でしたから、鍋類《なべるい》を一種《ひといろ》に、それから食後の菓子と茶とを献ずる趣向です。先ず茶菓は珍物ではございませんが、彼処《あれ》に備えました。ただ新年らしく目出度《めでたげ》気に致したところを御笑い下さいまし。即ち彼《あ》の朱色《しゅしょく》のものは越橘《はまなし》の実で、富士山《ふじさん》の産でございますし、今一種は胡鬼子《つくばね》の塩漬で筑波山《つくばさん》の産です。富士の方には白砂糖の雪のかかって居るところなどを御笑い下さい。」
猪「御趣向々々々。」
鍾「そこで御茶に用います水は隅田川《すみだがわ》で汲ませまして、」
猪「嬉しい。」
辺「汚《きたな》い。」
鍾「御茶の銘はと申しますと、河柳《かわやなぎ》。」
天「すっかり御茶番《おちゃばん》ですナ、ハハハ。」
鍾「しかも茎ばっかり。」

猪「冬枯《ふゆがれ》の葉を振《ふる》った景色《けしき》は、利きました、利きました。」
無「御茶菓は尽《ことごと》く結構ですが後で頂戴《いただ》くと仕て、その鍋と仰《おっし》あるのは。」
鍾「お半、其の土風炉《どぶろ》を真中《まんなか》に出してナ、箸盆《ちょぼん》に小皿、片瓢《へんぴょう》、箸を載せたのを御《お》一人《ひとり》ずつに進《あ》げろ。さあ皆さんずっと風炉《ふろ》の周囲《まわり》にお進み下さい。」
天「何でございますか、どうも、大層な御趣向でございますナ。」
猪「いずれ大変な事らしい、恐ろしい恐ろしい。」
我「猪美庵子顫えて居るでは無いか。」
猪「ナニ是《これ》は早く食《や》ろうという武者顫《むしゃぶるい》で。」
無「食物《くいもの》を食うのに武者顫をするという奴《やつ》が那処《どこ》にあるものか。」
猪「お鍋《なべ》さんが大盥《おおだらい》を持ったお兼《かね》という身で鍋をお持ち出しだ。ああ大《おおき》な立派な深い鍋でげすナ。」
我「朝鮮でであると見える、大層味《あじわい》の佳《い》い大きなサハリの鍋だの。流石《さすが》大人の所有《もの》だけある。イヤ、御珍器を拝見したばかりでも結構です。」
鍾「御賞詞では恐縮《きょうしく》です。」
天「火が熾盛《さかん》ですから、もうそろそろ沸《わ》きます。」

辺「何だが中でもって動いて居るようです。」
猪「泥鰌《どじょう》でげしょうかネ。」
無「猪美庵君の言《ことば》を聞《きい》て主人公が冷笑を浮べられたから左様《そう》ではあるまい。」
天「いずれ怖《おそろ》しい珍物でしょう。しきりと動いて居ます、恐《こわ》くなります。」
我「もう蓋《ふた》を取っても宜うござるかノ。」
鍾「乃公《わし》が蓋を取ります。さあ御覧なすって下せえ。」
一同「ヒ、ヒヤアッ。」
辺、天「こりゃあ堪《たま》らん、こりゃあ堪らん。」
猪「驚きやしたネ、何ぼ何でも。こりゃ堪りやせん、虫の毒です。見たばかりで厭《いや》な心持になって参りやす。」
鍾「ウフン、オホン、何故左様《なぜそう》皆さんは尻込《しりごみ》をなさります。」
猪「だって驚きやす、此の鍋は何です。御工夫は大したものですが二タ目とは見られないじゃげえせんか。」
鍾「アッハッハッ、猪美庵先生にも似合わねえ。イヤ疾《とう》に御承知でしょう、御装愚《おとぼけ》なさっちゃあいけません。これは百粤《ひゃくえつ》の抱竽羹《ほううこう》という料理に、乃公《わし》が少々新意を加えたのです。それ湯が段々と沸《に》え上りますると、中に游《およ》がせてある蝦蟇《がま》先生が逃げ路を探します。ところが周囲《まわり》は直立《すぐだち》の鍋で熱いから手がかかりません。すると鍋の真中《まんなか》のところに蓮根《はす》が二本束《つか》ねて立ててございます、――それは花道《はな》に用います鉄の花留《はなどめ》の厳乎《しっかり》したので留めてありますから倒れる気遣いはありませんが、其蓮根《はす》は湯の面《つら》より二寸ほども出て居るので、湯よりは熱くなく、且《かつ》又《また》鍋の肌とは違って手がかりも宜いから、蝦蟇《がま》は其の蓮根《はす》を便宜《たより》にして其《それ》から逃げようとします。其の中《うち》に湯はいよいよ沸騰しますと、蝦蟇《がま》は蓮根《はす》を抱《だ》いたなりに熟して仕舞います。そこで抱竿羹という名もあるのでしてナ。」

我「如何《いか》にも如何にも。唐《とう》の尉遅枢《うっちすう》の南楚新聞《なんそしんぶん》に見えて居ますノ。小竿《しょうう》を蓮根《はす》になすって妙に牽強《こじつ》けて御工夫なすったところは敬服々々。」

鍾「流石《さすが》に先生です。出処《しゅっしょ》を御指し示し下すったは有り難い。さて本文《ほんもん》に拠りますると、疥皮《かいひ》と申して、皮のぼろついた汚《きたな》い奴《やつ》が最も佳とありますから、二匹は其《それ》蟇が入れてございまする。それから赤蟇《あかひき》の大《だい》なるが一ツ、ただの青蛙《あおがえる》の絶大のが一ツ、都合三種を入れ置きました。当時は亜米利加《アメリカ》でも蝦蟇《がま》を食いますし、辺見さんは御承知でしょうが仏蘭西《フランス》でも、グルヌイユとか何とか申して食うそうですナ。日本でも京阪《けいはん》では蟇《かえる》と云わずに、銭《ぜに》を取って食わせて居るのは通客《つうかく》は御承知、赤蛙《あかがえる》赤蟇《あかひき》は小児《こども》でも食べます。そもそも泥鼈《すっぽん》というものは、」

我「オット大人御説明には及ばん、此の座に大人の此の御馳走を嬉しがらないものは恐らくござらん。」

猪「アアッ然様《そう》ですとも然様ですとも。実に珍品でげす、奇絶でげす。尻込なんぞは致しやせん、もう斯様《こう》なりゃあ死物狂《しにものぐるい》で食いやす。オーヤオヤ、赤蟇《あかひき》と黒蝦蟇《くろがま》と青蛙めとが、眉間尺《みけんじゃく》のように蓮の周囲《まわり》をぐるぐる廻って居やがる。此畜生《こんちくしょう》黒蝦蟇《くろがま》め、怖《おっかな》い眼を仕て乃公《おれ》の顔を睨みやがるナ。こいつあ堪《たま》らねえ、可厭《いや》だ可厭だ。ヤイ其方《そっち》を向いて呉れ拝むからよ。恨むなら鍾斎を恨め、乃公《おれ》の所為《せい》じゃ無《ね》え。アッ、今度は赤蟇《あかひき》が遣って来やがった。堪忍《かに》して呉れやい異《おつ》な眼で睨むなあ、乃公《おら》あ後で卒塔婆《そとば》の一本も立てて車前草《おんばこ》でも供《あ》げて与《や》るからヨ。南無、南無、南無、南無、五右衛門蟇《ごえもんがえる》！。辞世があるなら云って置きねえ。ああとうう熟《に》えちゃった。好く無《ね》え醜態《ざま》だナ。」

鍾「さあ御好《おすき》ずきに皿へお取りなすって、塩や胡椒《こしょう》は御自由に、汁は鍋から直《すぐ》に片瓢で御掬《おすく》いなすって。」

猪、辺「わたくしは赤蟇《あかひき》を。」
無、天「僕は青蛙《あおいの》を。」
我「然らば我満堂は大人と共に尤物《ゆうぶつ》を。」
鍾「さあ何様《どう》か、皆様《さん》。」
我「猪美庵子、むしったりなんぞして何事でござる。骨も何もあった訳のものじゃあござらん、如是《かよう》に頭からもりもりと食らなくちゃあ、苟《いやしく》も抱竿虆でも食おうというものの真骨頭《しんこっとう》無しだノ。ソレ御覧なさい、塩をつけて此の通りに、アーンと口を開いて、黒蝦蟇《くろがま》の脳頂《のうてん》から。」
猪「アッ驚きやしたナ、其の顔つきにゃあ。どうも口髭のもじゃもじゃと生えて居る中から蝦蟇《がま》の両手がにょっきりと出て居るなざあ、付紐《つけひも》が口の辺《はた》から下《さ》がって居る御閻魔《おえんま》さまの式《かた》がありやすナ。」
天「御覧なさい、鍾斎大人のいやにひょろ長く出て居る二本の前歯の物凄いこと、まるで人間じゃあ有りませんナ。」
我「ン、中々美味《うま》い、実に絶品だ。何様《どう》です青や赤は。なんだ未《ま》だ持余《もてあま》して居るのか、意気地《いくじ》が無い、食《や》り玉え食り玉え。」

猪「ウヘェー。」

天、辺、無「食《や》りますとも。」

鍾「まず乃公《わし》と我満大人とは食って仕舞いましたナ。余《よ》の諸先生は甚《ひど》く謙退ですナ。猪美庵子、赤を半分助《す》けましょう。」

我「此の珍品を食い澱《よど》むなどとは頼もしくない。天愚先生、乃公《おれ》に其の半分を遣《よこ》したまえ、青も試《や》って見るから。」

鍾「お半や洋刀《ナイフ》を持って来い、お半やお半や。」

お鍋「お半さまは、ハア。」

鍾「何様《どう》したお半は。」

鍋「たった今旦那様が大《でつか》い蝦蟇《がま》の頭へ、アングリと口を開《あ》いて咬《かぶ》っ着いたところを見なさるとネ、」

鍾「ウン。」

鍋「ホーと云って吃驚《びっくり》なさっただがネ、それから飄然《ふい》と戸外《そと》へ出て行ってお仕舞いなすってがすよ。」

鍾「汝《きさま》止めなかったか。」

鍋「止めたら黙って頭《かぶり》振ってでがした。」
猪「ホイ是《これ》は飛んだ事だ、追駈《おっか》けましょうか。」
鍾「ハハハ、猪美庵子見苦しい、捨て置くべしだ。賤婢《せんぴ》我に於て何か有らん哉《や》だ。それよりも此の赤蝦蟇《あかがま》の冷えるのが惜《おし》い。洋刀《ナイフ》にも及ばん皆貰って食おう。ムシャムシャムシャ。ア、美なるかな蝦蟇《がま》や。」
我「偉《えら》いッ！。流石《さすが》は我党《わがとう》の宋公明《そうこうめい》だ。婆惜《ばしゃく》を惜《おし》まずして蝦蟇《がま》を惜んだのは偉い。蝦蟇《がま》にして霊あらば感泣すべしだ。」
無「赤蝦蟇《あかがま》の食いかけを突然引奪《いきなりひったく》って手握《てづかみ》にして食った大人の勢《いきおい》の凄《すさま》じかったのには驚き入った。」
辺、天、猪「ヤ、とても我輩《われわれ》のまだ及ばぬところだ。」
鍾「お鍋、此の道具を下げろ。」
鍋「ハイ我満さんの御宅から何か書生さんが持《もっ》てまいりました。」
我「此方《こっち》へ直《すぐ》其物《それ》をよこして下さい。」
鍋「ハイ、此の包でがす。」
我「ン、宜しい宜しい、さあ諸君此の重箱へ箸を御入れ下さい。」

一同「待って居りました、何でございますナ。」
辺「フン、フン、大層何だか鼠臭いのですネ。」
猪「成程おそろしく鼠臭い。フン、フン。」
天、無「ヤア我満先生の風呂敷包が鼠臭いのですナ。」
我「さあ我満堂の出品は此品《これ》でござる。これは遊仙窟の作者が朝野僉載《ちょうやせんさい》に書いて居ります蜜蝍《みつそく》というものとは諸君御承知でしょう。即ち鼠の胎児《はらごもり》の、未《ま》だ眼も動かない赤い奴《やつ》に、蜜を十分《したたか》に食わせたもので、箸で挟《はさ》むと喞々《そくそく》と声を出す、そこで蜜蝍と名づけたものです。丁度《ちょうど》大掃除の際捕《つかま》えたので、今日まで大切《だいじ》に蜜で飼って置きました。美味《うま》い事は必ず受合《うけあい》です。寒いので萎縮《いじけ》て居ますが生きて居ます。」
猪「焼くのですか煮るのですか。」
我「焼くのでも煮るのでもありません、生《なま》で此儘口へ持って行くと、チチと微《かすか》な声で泣くところが妙中の妙なのでノ。さあ猪美庵子先ず御挟みなさい。」
猪「ウヘェー。」
我「サア。」

猪「ウヘェー。」
我「サアサアサア。」
猪「蜜の中に転《ころ》がって居る其の赤剝《あかむけ》の様子を見ちゃあ、臭気《におい》が胸に突掛《つっか》けて来て。」
我「其処《そこ》が妙なところなので、さあさあさあ。」
猪「もう我慢にも辛防《しんぼう》が出来ない。生命《いのち》あってだ、逃げろ逃げろ。」
辺「逃げろ逃げろ。」
無「こりゃあ敵《かな》わない、逃げろ逃げろ。」
天「とてもう堪《こた》えきれない、逃げろ逃げろ。」
我「さあ鍾斎大人、大人ばかりだ。」
鍾「ウーン、ウウ、ウーン、生《なま》で食うのだナ。」
我「然様《さよう》、生で、活きているのを食うところが不可言の妙趣で。」
鍾「ウウ、ウウ、ウウ。」
我「さあ召上がらんか、鍾斎大人とも云わるる方《かた》が、マサカ卑怯に逃げ走りはなさりますまい。」
鍾「ウウ、ウウ、ウウ。」

我「さあさあ、召上れ。何《なん》と此の香《におい》が絶妙じゃあござらんか。」
鍾「白蔵主《はくぞうす》じゃあ有るめえし、鼠臭えのにゃあ驚く。」
我「何ですって。」
鍾「イヤ此方《こっち》の事《こっ》て。」
我「召上り兼ねるならば致し方はござりません。但し今後《これから》は食物論《しょくもつろん》に於ては、此の我満堂の前だけは御《お》控《ひかえ》を願わんければ。」
鍾「ナアニ折角御持参の珍物を頂かんという鍾斎ではござらん。」
我「では直《すぐ》とサア御挟みなすって。」
鍾「ウウウウウン。情無いナア。ああ是非が無い。此の鼠の児一匹食わない為に此奴《こいつ》に一生威張られるのも業腹《ごうはら》だし、嗚呼《ああ》アッお半も居無くなって見りゃあ楽《たのし》みの無《ね》え浮世だ、絶体絶命だ、死んじまえ死んじまえ。思えば一生異《おつ》なものばかり食った祟《たたり》が現われたのだろう。もう諦めるより他は無い。サア食いますよ食いますよ。」
我「大人の御目《おんめ》に涙が見えますようで。」
鍾「いやいや老眼の常で何も不思議はござらぬ。サア頂戴します。ムシャリ、ムシヤリ。」

我「我満も御相伴《おしょうばん》いたします、ムシャリ、ムシャリ、如何《いかが》でござる大人、蜜蝍の味《あじわい》は。」

鍾「我満、汝《きさま》は怪《け》しからん奴《やつ》だ、此の蜜蝍というものは粉《しん》饔細工《こざいく》の、」

我「様《よう》な味ではござりませんかノ。」

鍾「何だと、我満！。」

我「能く此の蜜蝍を召し上ったは、何んといっても鍾斎大人、御器量骨柄《こつがら》は頼朝《よりとも》そのまま、」

鍾「汝《きさま》は憎い文覚上人《もんがくしょうにん》、」

我「食わせたものも食ったものも、」

鍾「互に劣らぬ天下の英雄、」

我「ただ鍾斎と我満とあるのみ、」

鍾「蜜蝍食わぬ残余《あと》の奴等《やつら》は、」

我「一升の水、一駄の酒、」

鍾「気の毒千万弱虫《よわむし》めらの、」

我「自業自得《じごうじとく》で好《い》い気味好い気味。」

鍾「少しは人が悪いけれども、」

我「罪にもならぬ一月《いちがつ》の洒落《しゃれ》。」

鍾、我「ワハ、ハハ、ハハアッ。」

露伴の食べ物話

解説　南條竹則

幸田露伴といえば「五重塔」だと子供の頃の筆者《わたし》は思っていた。

当時の国語の教科書か何かにそれが代表作として載っていたからである。そういえば、中学の二年か三年の時、岩波文庫の『五重塔』が学校の生徒たちに配られたことがある。匿名の卒業生が、若い人たちに読んで欲しいといって本を寄付したのだった。

露伴はその「五重塔」や「風流仏」「対髑髏」などの小説で尾崎紅葉と並ぶ人気作家になったが、他にも「幻談」「観画談」といった幻想小説と呼ぶべきもの、「運命」「幽情記」のように漢籍を素材としながら独自の視点で語り直した中国物、「頼朝」「蒲生氏郷」など本朝の史伝、「芭蕉七部集」の評釈を初めとする俳諧研究、「論仙」「仙書参同契」などの道教研究——と幅広い分野に足跡を残した。有名な文豪でありながら、その業績の再評価はいまだ手つかずの感があるのは、彼の知的関心がはなはだ広範囲にわたっていることにも一因があろう。

露伴は同時代の人間から日本一の物知りのように言われたけれども、書物の知識ばかりふりかざす人ではなかった。古人の本にこう書いてあるというだけでなく、それを極力現実に照らして批判し、検証した。鯉の鱗が何枚あると昔の本に書いてあるのは大嘘だと言い、白楽天の詩「琵琶行」を評して、琵琶はこんな風には弾かないと難じる。太公望がまっすぐな針を川に垂れていた話をすれば、まっすぐな針でも魚は釣れる、釣れるのは鰻だと目からウロコが落ちるようなことを教えてくれる。

本書は戯曲一篇と随筆を六篇、いずれも食べ物に関わりのある文章を集めてみたが、読み物としてお楽しみいただくうちに、読者は露伴のそういう面にきっと気づかれることだろう。

以下に、それぞれの作品について蛇足を加えたい。

桃花と河豚

与謝蕪村にこういう句がある――

秋《しゅう》風《ふう》の呉人《ごひと》はしらじふくと汁

「ふくと汁」というのは河豚汁だ。「秋風《しゅうふう》の呉人《ごひと》」とは晋の張翰《ちょうかん》のことだ。秋風が立つと急に里心がついて郷里松江《しょうこう》の蓴羹（ジュンサイの羹《あつもの》）と鱸——一説に菰菜（マコモ）と蓴羹と鱸——が食べたくなり、官を辞して田舎へ帰ってしまったという人物だ。

したがって、句の大意はこんなところだろう——名高い松江の鱸も結構かも知れぬが、張翰さんもわたしらが食べている河豚の味は御存知なかったろう、ああ気の毒に、気の毒に。

だが、河豚を食うのは日本人だけというのは間違った思い込みで、韓国でも食べるし、中国でも食べる。なかんずく張翰の故郷・呉の国は昔から河豚の名産地だった。なにしろ河豚は『文選』の「呉都賦」に「鯸鮐《こうい》」として出て来るほどだ。北方ではあまり食べないから杜甫や李白は詠《うた》っていないが、江南の開発が進む宋以降になると、河豚を愛する文人が幾人も登場する。その代表格が、この随筆の前半の主人公・蘇東坡である。

蘇東坡は河豚の味を「一死に値する」と評した人だ。張耒《ちょうらい》の『明道雑志』に載っている逸話を青木正児《まさる》の「河豚」という随筆から孫引きすると——

「東坡が揚州の長官であった折のこと、晁補之《ちょうほし》（これも東坡門下の詩人）が助役をしていて、河豚の出る季節には毎日二人で食ったが、一向中《あた》るらしくもなく、ただその珍美を愛したばかりであった。或る時属僚数人と河豚の美を談じ、皆が口を極めて譬喩称賛すると、東坡はただ一言「その味の点では真に一死に値する」といったので、皆がその適評に感服した」（岩波文庫『酒の肴・抱樽酒話』六三頁）

とはいえ、こんなに悟った人は中々いないもので、凡俗はやはり命が惜しいから、河豚を詠《よ》んだ詩人の中にも河豚は美味いという《愛好派》だけでなく、危険だから食わぬが良いという《恐怖派》が存在する。《恐怖派》には宋の梅尭臣や范成大がおり、《愛好派》には同じく宋の薛季宣、時代は下って清の朱彝尊《しゅいそん》（一六二九—一七〇九）がいる。

朱彝尊——露伴は朱竹坨《しゅちくだ》と号で呼んでいる——は露伴の言う通り学者にして大詩人だが、美食家としても知られ、『食憲鴻秘』という料理書の編者とされている（但し、この本については編者を王士禎とする説もある）。

「桃花と河豚」で露伴が懇切に解説する朱彝尊の詩は、『騰笑集』巻二に入っている「河豚歌」である。御覧の通りの傑作で、読んでいるこちらも河豚をつついて夕べの星の瞬《またた》くまで酔っていたい気持ちになる。

「滓汁　仍《なほ》清冷」とあるのを見ると、この詩の河豚は鍋にして食べているようだが、中国の河豚料理は鍋の他にも色々ある。お国柄で刺身にこそしないけれど、スープにもすれば紅焼《ホンシャオ》にもする。白子を河豚の皮に包んで、濃厚な鶏のスープで煮るという贅沢な料理もある。蘇州に近い木瀆《もくとく》という町の名物料理「鲃肺湯」は斑魚という無毒（ないし微毒）の河豚の肝をスープに入れたオツなものだ。

また河豚の干物もあって、良いダシが出るから重宝《ちょうほう》だ。白肉《バイロウ》と揚げ豆腐をこれで味つけしたものなど、逸品だった。

中国で古来食べてきたのは川を遡る河豚だけれども、自然環境の変化によって、最近は渤海湾でも虎河豚がとれるようになった。大連に行った人の話によると、近頃は、河豚入りの餃子があるというから驚く。

鰉

本篇はチョウザメという魚を表わす漢字の詮議から始めて、この魚に関する知識を満載しているが、全体として見ると、一片のファンタジーでもある。

釣り好きで斯道《しどう》に一家言ある露伴だったが、この文章を書いた頃は、年老《と》って釣りをする根気もなくしていた。その彼が若い時に銀座の針問屋で見たチョウザメの剝製を思い出し、魚中の龍にも喩《たと》えられるこの偉大な魚をもし釣ったら、どんな気分だろう、どうしたら釣れるだろうと夢想をふくらませる。

食べる話ももちろん出て来る。キャビアが語られるのは当然だが、中国人がチョウザメの「頭骨の軟かいところを鰉魚脳と称して喜んで食う」ことを述べ、鮭の氷頭膾《ひずなます》を引き合いに出す。これはまことに自然な連想で、筆者なども昔瀋陽《しんよう》の宴席で「鰉魚脳」を味わった時、真っ先に思い浮かべたのは氷頭膾だった。

この随筆では最後に少数民族ヘッチ族（赫哲族）のチョウザメ漁を紹介し、伝説の英雄・木竹林が大チョウザメの背に乗って松花江を遡る勇姿を語って結びとするが、このあたりもいかにも露伴らしい。

明治の知識人が中国を語る時、たいていの人は漢民族のことしか念頭になかった。しかし、露伴は漢字世界の周辺と彼方を見渡す眼を持っていた。そのことは小説「運命」に顕著であるし、道教研究についても言えることだ。いわば彼は汎ユーラシア的好奇心を持っていたのである。

鱸

これはスズキという魚について、和漢洋の文献に基づく知識に、釣師としての実際の見聞を織り交ぜて繰り広げるスズキ百科ないしスズキ曼陀羅《まんだら》だ。内容は名称からさまざまな故事、調理法にわたるが、ことに料理の話を見ると、作者が日本の古い料理書に通じていたことがうかがわれる。

初めの方に、例の「松江の鱸」の話も出て来る。露伴は、何とその缶詰を食べていた。「上海あたりに伝手があるなら東京でも之を賞味することが出来る」というが、それは「一斤缶の中に何尾も入っているほどの」小魚だった。

露伴が「江戸でだぼはぜというようなものの親分位」と形容するこの魚は、じつをいうとスズキではない。中国語で「四鰓鱸魚」というカジカ科の魚で、我が国のヤマノカミの仲間である。中国では「杜父魚」という名がもっとも一般的だが、地方によって色々な呼び名や表記があり、杭州では「土歩魚」「歩魚」、上海、蘇州、南京では「塘里魚」などという。張翰の「松江の鱸」はこの魚ということになっているが、じつは、それについては色々と考えるべき点がある。

この魚は丸ごと揚げても良く、煮ても良い。蓴菜と杜父魚の肉を入れた羹は、それこそ秋風の呉人の味といった趣向でレストランで供されるけれども、けして趣向倒れではなく美味しいものだ。

塩鯨

筆者は露伴の文章を読んでいると、孔子と芭蕉に特別な敬慕の念を抱かずにはいられなくなる。

露伴の重要な業績の一つに蕉門の俳諧研究があることは周知の通りで、「白芥子句考」のごとく考証であると同時に胸を打つ名篇もあり、晩年の「七部集」の評釈に至っては、まさに金字塔的偉業だ。

露伴は芭蕉の俳諧のうちに一種の美の宗教を見た。それは近代的、ロマン派的な芭蕉像と言えるが、その足元は例によって、些細《ささい》な事実をゆるがせにしない現実主義に固められていた。

本篇は「続々芭蕉俳句研究」に収められた片々《へんぺん》たる一文にすぎないが、その味をどうぞお試しいただきたい。

菓子

これは甘い物に関する作者の嗜好がうかがわれる一篇。ハッとするのは、冷めた饅頭がけしからぬという指摘である。考えてみると、我々は今も中華饅頭の冷たいのは食べない。和菓子の場合はその感覚が失われてしまったことを納得する。

笋を焼く

露伴曰く――笋を「吾が邦人は煮て食ふのみ、焼きて食ふといふは妄言者の談に聴くあるのみ」。しかるに宋以降の漢詩には笋を焼く話がしばしば出て来ることに気づいて、これを指摘したのが本篇である。

ちなみに、露伴を慕って京都帝国大学で教えを受けた漢文学者の青木正児にも、同じ題材を扱った随筆がある。『華国風味』中の「焼筍」という一篇だ。露伴が主に宋の詩人のことを語るのに対し、青木正児は明清の文人が焼笋を食って詩会を催した話を詳しく紹介している。さらに京都の自宅の庭に出た孟宗竹を焼いて味見するあたり、食いしん坊としては師よりも一枚上手《うわて》と言えるかもしれない。

ただ、青木正児は筍の種類を論じなかったが、露伴は「おもふに彼邦の筍は繊小、故に小説の文詞に美人の指を形容して、繊々春筍の如し、といふものあり」と指摘し、「篠竹等の細筍に至つては、煨いて而して食ふ可き乎」と述べている。

これまさしく御名答で、同じタケノコ族といっても、姫竹、笹竹、ネマガリタケなどと呼ばれる細いものは皮ごと焼いて食べるのが一番美味い。わが国では筍の季節に東北地方へ行けばありつける。中国では江南にこの種の筍が多く、筆者はかつて杭州の「山外山」という店で焼筍を堪能した。青々として、しかし一番外は焦げている皮を、指を火傷しそうになりながら一枚一枚剝いてゆくと、やがて玉のような身があらわれる。そのまま食べてもほの甘くて香ばしく、塩をつけても、醬《ジャン》をつけても良い。

思うに、江南は筍食いの楽土で、四時色々な筍を楽しめる。

露伴は蘇東坡の「猫児頭筍を恵まるゝを謝す」の詩に見える「籧筍」の二字を「解し難し」と述べているが、『漢語大詞典』ではこの箇所を例文に挙げて「嫩筍（若い筍）」の意としている。しかし、黄庭堅にも「謝人恵猫頭筍」の詩があり（作者について両説あるのだろう）、そこでは「籧筍」が「鞭筍」となっていて、あるいはこちらが本当かもしれない。

う。鞭笋（辺笋とも書く）は竹の地下茎から生えて来る芽で、杭州ではさかんに料理に使う。歯ごたえはやや根っ子という感じもするが、笋の風味がある。筆者は炒め物で食べたけれど、焼いてもきっと美味いだろう。

珍饌会

若き日の露伴の周辺には、依田学海、饗庭篁村、幸堂得知、淡島寒月ら、いずれも幕末に生を享《う》けた「徳川カラ」の文人たちがいた。抱腹絶倒のこの戯曲は、かれらが醸し出した雰囲気を多少伝えているのではないかと筆者は想像する。東都の物好き連が正月の遊びをする話だが、この作品が村井弦斎の「食道楽」に触発されたものであることは、鍾斎大人《ちょこさいたいじん》の次の台詞に明らかだ。

それ此頃《このごろ》評判の食心坊《くいしんぼう》という小説があろう、（中略）そこで一つ正月の娯楽《なぐさみ》に我が党の五六人でもって、彼《あ》の書《ほん》なぞにゃあ到底《とても》無い奇々妙々の珍料理の持寄《もちよ》り会《かい》を仕て、遊ぼうと云う謀反だが是《これ》あ何様《どう》だ。

鍾斎のこの発案に乗って、負けず嫌いな面々が持って来る料理は、次の三種類に大別されよう。

(一)ハイカラなもの
(二)日本の地方の珍味
(三)漢籍由来の奇味

(一)には高襟《ハイカラ》男・辺見の持参するエスカルゴ(じつはナメクジで代用)とマンナ(昔流行った紅茶キノコのようなものか)、それに天愚子のプリモスロックの胸肉《ささみ》がある。(二)には、「蝦夷一点張《いってんばり》」と言われる無敵子の鯡漬《にしんづけ》に三平汁、天愚子が用意する山家風の茶と菓子に鶫《つぐみ》うるか。

この辺はまず温和《おとな》しいが、(三)はこの一篇の目玉で、それだけ奇抜なものだ。

まず猪美庵の料理は、『呂氏春秋』にある「猩々《しょうじょう》の唇《くちびる》」と「雋燕《せんえん》の翠《すい》」を、それぞれ猿の唇と鶏の「尻こぶら」で代用し、甘煮にしたものだ。猿の唇は両国の「ももんじい屋」で買って来るとあり、これはもちろん作り事だが、今日なお健在のこの店(ももんじや)は江戸東京に於けるジビエの本山だった。種村季弘の『食物漫遊記』(「食うか食われるか

——フライブルクのアラブ・パン』）にも、ここで「猿の脳味噌のみそ汁」を食べた話が出て来る。

主人公鍾斎大人の「抱竽羹《ほううこう》」は、『南楚新聞《なんそしんぶん》』という書物に出て来る有名な怪味で、詳しくは本文を御覧いただきたいが、簡単に言うと蝦蟇《がま》と青蛙と赤蟇《ひき》の蒸し物だ。これに対し、我満堂の「蜜蝍《みつそく》」は、『朝野僉載《ちょうやせんさい》』に出て来るもので、鼠の胎児を生きたまま蜜にからめて食うのである。

この二つ、とくに後者は今でもよく話題にされる。筆者は「抱竽羹」にお目にかかったことはないけれど、牛蛙を蒸籠《せいろ》で蒸したものなら、昔蘇州のコックさんが作ってくれたのを食べた。あれは中々美味かったから、「抱竽羹」もさほどに無鉄砲な食べ物ではない。ヒキガエルを食用にする地方は今は少なくなったけれど、以前は浙江省の嘉興あたりでも食べたものだ。一方の「蜜蝍」は話だけで、実際に食べた人は知らない。ただ、鼠の胎児を入れた酒なら飲んだことがある。

「抱竽羹」については南方熊楠が「蛙を神に供うること」という文章で論じている。かつて九州ではヒキガエルを食う者が多く、鹿児島ではヒキガエルを煮る時に芋を一緒に入れると、カエルが芋を抱いて煮えるから、一緒に食う——こういう話を聞いた熊楠はすぐに『南楚新聞』の「抱竽羹」のことを思った（露伴は竽の字を使っているが、竿とするテキストが多い)。そして良く調べてみると、『南楚新聞』はテキストによって「抱竿羹」が「抱芋羹」となっている。こちらが本当で、ヒキガエルと芋を煮る料理は、「伝来か偶合か分からぬが」薩摩にも「五代の南支那にもあった」と熊楠は結論する。
南方熊楠と幸田露伴——明治が生んだ二人の巨人は奇しくも同じ一八六七年の生まれであり、博覧強記で現実主義者だった点も共通する。二人を、ことに熊楠の方に焦点をあてて比較してみるのは面白いテーマだろうと筆者はかねがね思っている。

年譜

幸田露伴

一八六七年（慶応三年）
八月二二日（または二五日ともいわれる）、父幸田成延、母猷《ゆう》の第四子として江戸下谷三枚橋横町、俗称新屋敷に誕生。成行、通称鉄四郎と命名される。
一八六八年（慶応四年・明治元年）一歳
五月、上野の戦争のため浅草に移る。
一八七〇年（明治三年）三歳
三月、妹延が誕生。
一八七三年（明治六年）六歳
三月、弟成友が誕生。前年から関千代の塾でイロハを習い、この年会田某について素読を学ぶ。
一八七五年（明治八年）八歳
お茶の水の東京師範学校下等小学校（のちの東京高等師範学校付属小学校）に入学。
一八七八年（明治一一年）一一歳
一二月、妹幸《こう》が誕生。
一八八〇年（明治一三年）一三歳
前年の春、東京府第一中学校に入学したが、中退。湯島聖堂内の東京図書館に通い、淡島宝受郎（寒月）を識る。
一八八一年（明治一四年）一四歳
七月、銀座の東京英学校（のちの青山学院）に入学し、日本橋堺町の長兄成常宅から通学。この頃から俳句に親しみ始める。

一八八二年（明治一五年）一五歳
英学校に通うかたわら、菊地松軒の漢学塾に通う。英学校を中退。この年、末弟修造が誕生。

一八八三年（明治一六年）一六歳
八月、芝汐留の電信修技学校の給費生となる。菊地塾を退いたが、漢書や狂歌、俳諧の書を読破。この年から明治二〇年にかけて漢詩集『幽玄洞雑筆』を執筆。

一八八四年（明治一七年）一七歳
夏、電信修技学校を卒業し、築地の中央電信局に勤務。

一八八七年（明治二〇年）二〇歳
前々年七月、判任官に補せられ北海道後志国余市に赴任したが、八月二五日夜、官を棄てて上京をはかる。免官となり、父の紙店を手伝うかたわら西鶴を読む。

一八八八年（明治二一年）二一歳
小説「禅天魔」を執筆し、これを読んで感服した尾崎紅葉と会う。「露団々」を執筆し一二月に依田学海を訪れる。

一八八九年（明治二二年）二二歳
二月、「露団々」を『都の花』に連載（八月完結）。六月、硯友社客員となる。七月、「一刹那」を『文庫』に連載（一〇月完結）。九月、吉岡書籍店より新著百種第五号として『風流仏』を刊行。一一月、『少年園』に「鉄之鍛」を発表。一二月、読売新聞社の客員となる。

一八九〇年（明治二三年）二三歳
一月、「縁外縁」（のちに「対髑髏」と改題）を『日本之文華』に発表（二月完結）。六月、『小説 葉末集』を春陽堂より刊行。七月五日より「ひげ男」を『読売新聞』に五回連載。八月、「一口剣」を『国民之友』に発表。一一月、国会新聞社に入る。一二月、『露団々』を金港堂より刊行。谷中天王寺町二一番地に転居。

一八九一年（明治二四年）二四歳

一月、吉岡書籍店より新著百種第一二号として『真言秘密 聖天様』を刊行。二月、「艶魔伝」「風流魔記」を『志がらみ草紙』に発表。五月、『国会』に「いさなとり」を発表。一〇月、博文館より『二宮尊徳翁』を刊行。同月、春陽堂より『新葉末集』と『七変化』を刊行。一一月七日より『国会』に「五重塔」を連載（翌年三月一八日完結）。同月、青木嵩山堂より『いさなとり　前編』を刊行。

一八九二年（明治二五年）二五歳

三月、青木嵩山堂より『いさなとり　後編』を刊行。五月一二日、「一日ものがたり」を『国会』に連載（二七日まで）。七月、『宝の蔵』を学齢館より刊行。一〇月、「五重塔」ほかを収録した『尾花集』を青木嵩山堂より刊行。

一八九三年（明治二六年）二六歳

一月二八日より「さ、舟」（『風流微塵蔵』の初編）を『国会』に連載（二月一六日まで）。この月、京橋丸屋町五番地に移る。三月、学齢館より『真西遊記』を刊行。九月、博文館より『枕頭山水』を刊行。年末、東京府下寺島村字番場に転居。

一八九四年（明治二七年）二七歳

一月五日より『国会』に「有福詩人」を連載（二七日まで）。二月、博文館より『日蓮上人』を刊行。六月、春陽堂より『有福詩人』を刊行。腸チフスの病後、料理の本を読む。一〇月、「戦争について」を『国会』に発表。

一八九五年（明治二八年）二八歳

一月、『太陽』に「元時代の雑劇」を連載（九月完結）。三月、小田直太郎の媒酌で山室幾美子と結婚し、芝南佐久間町に住む。一二月、青木嵩山堂より『さ、舟』（『風流微塵蔵』第一冊）を刊行。

一八九六年（明治二九年）二九歳

二月、『きくの浜松』（『風流微塵蔵』第二冊）を青木嵩山堂より刊行。三月より『めさまし草』の「三人冗語」に脱天子の名で加わり、樋口一葉の「たけくらべ」を推奨する。五月、『ひとり寝』（『風流微塵蔵』第三冊）を青木嵩山堂より刊行。七月、春陽堂創刊の『新小説』の編集に携わる。八月、『雲の袖』（『風流微塵蔵』第四冊）を青木嵩山堂より刊行。一二月、博文館より『ひげ男』を刊行。

一八九七年（明治三〇年）　三〇歳
一月、博文館より『僥倖』を刊行。二月、『世界之日本』に「白眼達磨」を発表。四月、神田鍛冶町に転居。六月、祖母芳が死去。南葛飾郡寺島村字新田に移る。七月、智徳会より『水上語彙』を刊行。八月、村井兄弟商会より『新羽衣物語』を刊行。

一八九八年（明治三一年）　三一歳
三月、『新小説』に「百花譜」を連載（七月完結）。八月、「帳中書」を『新小説』に連載（一一月まで）。

一八九九年（明治三二年）　三二歳
一月、春陽堂より『小萩集』を刊行。八月、『伊能忠敬』を博文館より刊行。一一月、『新小説』に「一国の首都」を発表。

一九〇〇年（明治三三年）　三三歳
三月、『新小説』に「釣魚談一則」を発表。七月、『新小説』臨増号に「太郎坊」を発表、『海』に「海と日本文学と」を発表。

一九〇一年（明治三四年）　三四歳
一月、田村松魚との合著『三保物語』を青木嵩山堂より、堀内新泉との合著『雪紛々』を春陽堂より刊行。同月、長女歌が誕生。九月、『讕言』を春陽堂より刊行。一一月、『長語』を春陽堂より刊行。

一九〇二年（明治三五年）　三五歳
一月、『文芸倶楽部』に「水の東京」を発表。三月、春陽堂より『宝の山』を刊行。六月、博文館より『露伴叢書』を刊行。九月、『文芸界』に「夜の隅田川」を発表。

一九〇三年（明治三六年）三六歳
四月、『新小説』に「蝸牛庵雑談」を、五月、『新小説』臨増号に「雁坂越」を発表。七月、『黒鞭事略』を国光社より刊行。九月二一日より『読売新聞』に「天うつ浪」を連載開始（翌年二月一〇日で中絶）。

一九〇四年（明治三七年）三七歳
九月、次女文《あや》誕生。一一月二六日、中絶していた「天うつ浪」の連載を再開（翌年五月三一日まで）。

一九〇五年（明治三八年）三八歳
一月、『心のあと出廬』を春陽堂より刊行。二月一一日、「潮待ち草」を『日本』に連載（九月一二日完結）。九月一日より『日本』に「土偶木偶」を連載（一〇月二七日完結）。

一九〇六年（明治三九年）三九歳
一月、春陽堂より『天うつ浪　第一』を刊行。三月、東亜堂書房より『潮待ち草』を刊行。四月、日就社より『さわらび』を刊行。五月、国書刊行会の『新群書類従』の編纂に加わる。六月、春陽堂より『天うつ浪　第二』を刊行。一二月、橋南堂より『不蔵庵物語』を刊行。

一九〇七年（明治四〇年）四〇歳
一月、春陽堂より『天うつ浪　第三』を刊行。同月、末弟修造が死去。二月、長男成豊が誕生。四月、『太陽』に「雲の影」、『女子文壇』に「花鳥」を発表。五月、『波流射梅集』を東亜堂書房より刊行。六月、西園寺公望邸で行われた招宴雨声会に出席。一一月、春陽堂より『蝸牛庵夜譚』を刊行。

一九〇八年（明治四一年）四一歳
一月、『玉かつら』を春陽堂より刊行。二月、寺島村一七三六番地に新居を営む。五月、京都帝国大学文科大学講師を応諾。六月、成功雑誌社より『小品十種』を刊行。八月、京都に仮寓。九月、『頼朝』を東亜堂書房より刊行。一〇月、博文館より『普通文章論』を刊行。

一九〇九年（明治四二年）四二歳

三月、「五重塔」の英訳本『THE PAGODA』が大倉書店より刊行される。六月、『文学上に於ける弘法大師』を六大新報社より、『露伴叢書前編』を博文館より刊行。夏、京都帝国大学文科大学講師を辞職。九月一四日、「釣談」を『国民新聞』に発表。同月、『露伴叢書後編』を博文館より刊行。

一九一〇年（明治四三年）四三歳

四月、妻幾美子が死去。この年、幸徳秋水に会う。

一九一一年（明治四四年）四四歳

一月、春陽堂より『露伴集　第一巻』を刊行。四月、『新小説』に「江戸時代の釣」を発表。五月、『露伴集　第二巻』を春陽堂より刊行。七月、古人の紀行文を編纂、『掌中山水（乾）』と題し聚精堂より刊行（坤の巻は一二月刊）。

一九一二年（明治四五年・大正元年）四五歳

二月、『女子文壇』に「三馬の浮世風呂」を発表。五月、長女歌が死去。七月、『努力論』を東亜堂書房より刊行。一〇月、児玉八代子と再婚。一二月、『中央公論』に「江戸と江戸文学」を発表。

一九一三年（大正二年）四六歳

三月、古人の伝記を編んだ『日本精英』二冊を聚精堂より刊行。一〇月、戯曲「名和長年」が帝国劇場で上演される。

一九一四年（大正三年）四七歳

四月、東亜堂書房から『修省論』を刊行。七月、父成延が死去。至誠堂書店より『洗心録』を刊行。

一九一五年（大正四年）四八歳

一月、「快楽論」を『実業之世界』に連載（一二月完結）。東亜堂書房より『立志立功』を刊行。七月、至誠堂書店より『悦楽』を刊行。一二月、御大典記念として「名和長年」

が帝国劇場で再演される。
一九一六年（大正五年）　四九歳
三月、将棋初段の免許を一二世名人小野五平より受け、四月、八段井上義雄より二段の免許を受ける。五月、春陽堂より名家傑作集第五篇として『白露紅露』を刊行。
一九一七年（大正六年）　五〇歳
五月、『淑女画報』に「水滸伝中第一の美人李師々」（のち「師師」と改題）を発表。六月、京橋堂より『幸田露伴美辞名句集』を刊行。一二月、「菓子」を『同人』に発表。
一九一八年（大正七年）　五一歳
九月、『帝国文学』に「江戸文学の一部面」を発表。一〇月、「邯鄲と『竹葉舟』」を『帝国文学』に発表。
一九一九年（大正八年）　五二歳
一月、母猷が死去。三月、『帝国文学』に「暗黒時代の一文学――『曾我物語』に就いて」を発表。『幽情記』を大倉書店より刊行。四月、「運命」を『改造』創刊号に発表。
一九二〇年（大正九年）　五三歳
一月、芭蕉七部集の評釈に着手。和歌浦、須磨に遊ぶ。四月、『改造』に「平将門」を発表。一〇月、「ケチ」（のちに「望樹記」と改題）を『現代』に発表（一二月完結）。
一九二一年（大正一〇年）　五四歳
一月、「美人論」を『日本一』に発表。同月より小宮豊隆らとの共同研究「芭蕉俳句研究」を『潮音』に連載（翌年三月完結）。
一九二二年（大正一一年）　五五歳
一月、「仙人の話」（のちに「仙人呂洞賓」と改題）を『現代』に連載（五月完結）。三月、共同研究「続芭蕉俳句研究」を『潮音』に連載（翌年五月完結）。六月、『碁と将棋』を国史講習会より刊行。九月、『芭蕉俳句研究』を岩波書店より刊行。
一九二三年（大正一二年）　五六歳
八月、浅間山麓に池西庵を造る。一一月、訳註『水滸伝　上』（国訳漢文大成）を国民文庫刊行会より刊行（中巻は大正一三年五月、下巻は同年一〇月）。

一九二四年（大正一三年）　五七歳

一月、『実業之世界』に「『新年言志』といふ事について」を発表。六月、小石川区表町六六番地に移る。七月、「続芭蕉俳句研究」を『潮音』に連載（翌年一一月完結）。次兄郡司成忠が死去。九月、岩波書店より『冬の日抄』を刊行。

一九二五年（大正一四年）　五八歳

一月、『婦人世界』に「貧乏の説」を発表。六月、改造社より『幽秘記』を刊行。七月、「観画談」を『改造』に発表。九月、「蒲生氏郷」を『改造』に発表。一二月、『蒲生氏郷・平将門』を改造社より刊行。

一九二六年（大正一五年・昭和元年）　五九歳

一月、「紀文大尽」を『文芸春秋』に発表。三月、白楊社より『名和長年』を刊行。四月、『頼朝・為朝』を改造社より刊行、同月、『早稲田文学』に「淡島寒月氏」を発表。五月、『続々芭蕉俳句研究』を岩波書店より刊行。六月、『洗心広録』を至誠堂書店より刊行。七月、『文芸道』に「京伝の作品」を、一〇月、新潮社版『日本文学講座』内容見本に「支那文学と日本文学との交渉」を発表。一一月、「巣林子の二面――アブラとアクヌケ」を『早稲田文学』に発表。同月、長男成豊が死去。

一九二七年（昭和二年）　六〇歳

一月、改造社より『龍姿蛇姿』を刊行。二月、『改造社文学月報』に「樋口一葉」を発表。同月、娘文と伊豆に遊ぶ。五月、小石川区表町七九番地に転居。六月、『春の日　曠野抄』を岩波書店より刊行。一一月、学士院会員に選出される。

一九二八年（昭和三年）　六一歳

一月、娘文が三橋幾之助と結婚。七月、『岩波講座

世界思潮第五冊　墨子』を岩波書店より刊行。一〇月、『祖国』に「蘆声」を発表。

一九二九年（昭和四年）六二歳

三月、至誠堂書店版『詳解全訳漢文叢書』内容見本に「漢文叢書序」を発表。一〇月、『サラリーマン』に「景気のよい不景気」を発表。一一月、初孫玉が誕生。同月より岩波書店版『露伴全集』全一二巻の刊行開始（翌年一一月完結）。一二月、岩波書店より『ひさご　猿蓑抄』を刊行。

一九三〇年（昭和五年）六三歳

一月、『炭俵　続猿蓑抄』を岩波書店より刊行。

一九三一年（昭和六年）六四歳

一月三日より『東京日日新聞』に「爐辺漫談」を連載（一一日完結）。

一九三三年（昭和八年）六六歳

四月、『岩波講座　日本文学　圏外の歌』を岩波書店より刊行。五月、『岩波講座　哲学　道教に就いて』を岩波書店より刊行。

一九三四年（昭和九年）六七歳

四月、「春日抄」を『瓶史』に発表。九月、「湖南君の思ひ出」を『書芸』に発表。

一九三五年（昭和一〇年）六八歳

一月、「偉人論」を『改造』に発表。三月一日より「嗚呼春廼屋主人」を『東京朝日新聞』に発表（四日完結）。七月、「太公望」を『改造』に発表。一一月、「天心全集刊行に寄せて」を聖文閣版『岡倉天心全集』内容見本に発表。同月、「猿蓑」を『思想』に連載（翌年一一月完結）。

一九三六年（昭和一一年）六九歳

三月、「寺田君をしのぶ」を『思想』に発表。六月、小山書店より『番茶会談』を刊行。七月、『岩波講座　東洋思想　道教思想』を岩波書店より刊行。

一九三七年（昭和一二年）七〇歳

四月、第一回文化勲章を受章。六月、帝国芸術院が創設され、会員となる。
一九三八年（昭和一三年）七一歳
六月四日、『東京日日新聞』夕刊に「淡島寒月のこと――手染め渋染めの衣物」を発表（五日完結）。六月、『一貫章義』を文部省教学局より刊行。九月、『日本評論』に「幻談」を発表。
一九三九年（昭和一四年）七二歳
三月、「雪たたき」を『日本評論』に発表。四月、『竹頭』を岩波書店より刊行。五月、渋沢青淵翁記念会より『渋沢栄一伝』を刊行（一六月、岩波書店より普及版を刊行）。七月、中央公論社より『すゝき野』を刊行。
一九四〇年（昭和一五年）七三歳
一月四日、「愛」を『読売新聞』に発表（五日完結）。八月、「はねつるべ」を『婦人公論』に発表。
一九四一年（昭和一六年）七四歳
四月、「連環記」を『日本評論』に発表（七月完結）。八月、『幻談』を日本評論社より刊行。
一九四二年（昭和一七年）七五歳
三月、『露伴史伝小説集　第一』を中央公論社より刊行（第二巻は翌年四月刊）。
一九四三年（昭和一八年）七六歳
一月、『蝸牛庵聯話』を中央公論社より刊行。一一月、喜寿の祝いを受ける。一二月、『文学』に「春の日俳句評釈」を発表。
一九四四年（昭和一九年）七七歳
一月、「『曠野』評釈」を『文学』に連載開始（翌年一二月完結）。八月、「音幻論」を『三田文学』に発表（一〇月完結）。九月、『評釈冬の日』を岩波書店より刊行。
一九四五年（昭和二〇年）七八歳
一月、「韵――音幻論の一部」を『文芸』に発表。二月、妻八代子死去。三月、長野県埴科郡坂城に疎開。五月、空襲で小石川の蝸牛庵焼失。一〇月、伊東の旅館に移る。『土偶木偶』を養徳社より刊行。

一九四六年（昭和二一年）　七九歳

一月、『評釈　春の日』を岩波書店より刊行。千葉県市川市菅野に移る。六月、妹延が死去。八月、『芋の葉』を岩波書店より刊行。一一月、『評釈　曠野　上』を岩波書店より刊行。一二月、東京出版株式会社より『骨董』を刊行。

一九四七年（昭和二二年）

一月、「曠野集雑句評釈」を『文芸春秋』に連載（七月まで）。三月、芭蕉七部集評釈を完了。四月、『論語　快楽忠恕』を中央公論社より刊行。五月、『評釈　ひさご』を岩波書店より刊行。同月、『音幻論』を洗心書林より、七月、『靄護精舎雑筆』を養徳社より刊行。同月三〇日、死去。九月、『人間』に「炭俵集発句評釈」が連載される（一二月完結）。一一月、日本橋三越で、「幸田露伴を偲ぶ展覧会」が催される。

（作成・藤本寿彦）

本書は『露伴全集』（岩波書店刊）を底本とし、明らかな誤記、誤植と思われる箇所は正しましたが、原則として底本に従いました。各作品の収録巻は以下のとおりです。

「桃花と河豚」「鰉」「鱸」「菓子」第三〇巻（昭和二九年七月刊）
「塩鯨」（続々芭蕉俳句研究）第二五巻（昭和三〇年四月刊）
「筍を焼く」第一九巻（昭和二六年一二月刊）
「珍饌会」第一二巻（昭和二五年一月刊）

文庫化にあたり漢字は旧字体から新字体に改め、ふり仮名を加えました。また口語体で書かれた作品は新かな遣いに改め、文語体で書かれた作品は旧かな遣いのままとしました。

なお底本にある表現で、今日からみれば不適切と思われるものもありますが、作品が書かれた時代背景と作品的価値を考慮し、そのままとしました。よろしくご理解の程お願いいたします。

珍饌会《ちんせんかい》　露伴《ろはん》の食《しょく》

幸田露伴《こうだろはん》　南條竹則《なんじょうたけのり》・編《へん》

二〇一九年一〇月一〇日第一刷発行

発行者——渡瀬昌彦
発行所——株式会社　講談社
東京都文京区音羽2・12・21　〒112-8001
電話　編集（03）5395・3513
販売（03）5395・5817
業務（03）5395・3615

デザイン——菊地信義
印刷——豊国印刷株式会社
製本——株式会社国宝社
本文データ制作——講談社デジタル製作
2019, Printed in Japan

定価はカバーに表示してあります。

講談社
文芸文庫

ISBN978-4-06-517432-6